페널티킥 앞에 선 골키퍼의 불안

Die Angst des Tormanns beim Elfmeter

DIE ANGST DES TORMANNS BEIM ELFMETER
by Peter Handke

세계문학전집 233

페널티킥 앞에 선 골키퍼의 불안

Die Angst des Tormanns beim Elfmeter

페터 한트케

윤용호 옮김

민음사

골키퍼는 공이 라인 위로 굴러가는 것을 바라보고 있었다…….

차례

페널티킥 앞에 선 골키퍼의 불안 9

이전에 꽤 유명한 골키퍼였던 요제프 블로흐는 건축 공사장에서 조립공으로 일하고 있었는데, 아침에 일하러 가서는 자신이 해고되었음을 알게 되었다. 일꾼들이 모여 있는 대기실의 문을 열고 들어갔을 때, 마침 오전 새참을 먹고 있던 현장감독이 그를 힐끗 올려다보는 순간 그는 그것을 해고 표시로 이해하고 공사장을 떠났다. 그는 길에서 팔을 높이 쳐들었다. 그러나 옆으로 지나가는 차는 택시가 아니었다. 사실 블로흐가 택시를 부르려고 팔을 높이 들었던 것은 아니다. 그런데 갑자기 브레이크 밟는 소리가 났다. 블로흐는 고개를 돌렸다. 택시 한 대가 뒤에 서더니, 그에게 빨리 타라고 했다. 블로흐는 몸을 돌려 차를 타고 나시마르크트*로 가자고 했다.

---

*빈 6구에 있는 재래시장. 빈은 슈테판 교회가 있는 1구를 중심으로 스물여섯 개의 행정 구역으로 나뉘어 있다.

화창한 10월 어느 날이었다. 블로흐는 노점 판매대에서 따끈한 소시지를 시켜 먹은 후 그 사이를 지나 극장 쪽으로 갔다. 눈에 보이는 모든 것이 그를 불안하게 했다. 되도록 많은 걸 보지 않으려고 애썼다. 극장 안으로 들어와서야 비로소 안도의 숨을 내쉬었다.

그가 말없이 회전 접시에 돈을 올려놓자 여자 매표원도 말없이 자연스럽게 극장표를 회전 접시에 담아 건네줬는데, 그는 한참 후에야 그것을 의아하게 생각했다. 화면 곁에서 불이 밝게 들어와 있는 숫자판 전자시계를 발견했다. 영화 상영 중에 종소리가 들렸는데, 그것이 영화 속에서 울린 것인지, 아니면 나시마르크트 주변에 있는 교회 탑에서 울린 것인지 확실하지 않았다.

다시 길로 나와, 이 계절에 값이 특별히 싼 포도 한 봉지를 샀다. 길을 걸어가면서 포도를 먹고 껍질은 뱉어 버렸다. 첫 번째로 들른 호텔에서는 그가 서류 가방만 들고 있는 것을 보고 방이 없다고 했다. 옆 골목에 있는 두 번째 호텔의 안내인은 그를 위쪽 방으로 안내했다. 안내인이 방에서 나가자 블로흐는 침대에 누워 곧 잠이 들었다.

저녁에 그는 호텔에서 나와 술을 마셨다. 후에 술이 깨자 친구들에게 전화를 걸었다. 친구들은 대부분 시내에 살고 있지 않아서 전화통에 넣은 동전은 반환되지 않았고, 잔돈은 금세 다 없어지고 말았다. 그는 길가에 서 있는 순경을 움직이게 해볼 요량으로 인사를 했는데, 꿈쩍도 하지 않았다. 블로흐는 아마 자기가 길 저편에서 소리친 말을 순경이 정확하게 알아듣지 못해서 그럴 거라고 혼잣말을 했다. 그리고 여자 매표원이 극장표가 담긴 회전 접시를 그에게 돌린 것도 당연한 것으로 생각되었다. 그는 그때 여자 매표원의 민첩한 행동에 놀라, 회전 접시에서 극장표를 못 집고 거의 놓칠 뻔했다. 그는 그 매표원을 만나러 가기로 작정했다.

그가 극장으로 다시 왔을 때, 전광판의 불은 꺼져 있었다. 블로흐는 한 남자가 사다리에 올라서서 내일 상영작으로 간판 제목을 바꾸고 있는 것을 보았다. 그는 새 영화 제목이 다 정돈되어서 읽을 수 있을 때까지 기다렸다. 그러고 나서 호텔로 돌아왔다.

다음날은 토요일이었다. 블로흐는 호텔에 하루 더 묵기로 결정했다. 아침을 제공하는 호텔 식당에는 미국인 부부 한 쌍과 블로흐뿐이었다. 잠시 동안 그들의 대화에 귀를 기울였다. 이전에 팀에서 경기를 하러 몇 번 뉴욕에 간 적이 있어서 영어를 웬만큼은 알아들을 수 있었다. 그러다가 신문을 사러 급히 밖으로 나왔다. 이날 신문은 주말판도 같이 들어 있어서 꽤 묵직했다. 그는 신문을 접지 않고 팔 안쪽에 낀 채 호텔로 돌아와서, 이미 정리를 끝낸 식탁에 다시 앉아 신문 사이에 끼어 있는 광고지들을 추려내 치워 놓았다. 어쩐지 마음이 불편해서였다. 밖으로는 두 사람이 두툼한 신문을 들고 걸어가는 것이 보였다. 그는 숨을 죽이고 그들이 지나가는 것을 바라보았다. 그러다가 그들이 미국인 부부라는 것을 알아차렸다. 조금 전 호텔 식당에서 자기 앞에 있던 그들을 밖에서는 얼른 알아보지 못했던 것이다.

카페에서 그는 커피 마실 때 갖다 주는 냉수를 천천히 마셨다. 이따금 일어서서 특별 지정석 의자와 탁자 위에 쌓아 놓은 잡지들 가운데 화보 잡지를 한 권씩 집어 왔다. 여종업원이 그의 옆에 쌓여 있는 잡지들을 집어 들고 가면서 '신문용 탁자'라는 말을 중얼거렸다. 잡지를 끝까지 보는 게 힘들었지만, 책을 다 읽기 전에는 옆으로 밀어 놓지 못하는 블로흐는 도중에 잠깐잠깐 길거리를 바라보곤 했다. 잡지의 사진들과 변화하는 바깥 풍경 사이의 대조는 그의 마음을 편하게 했다. 밖으로 나올 때 잡지를 신문용 탁자 위에 갖다 놓았다.

나시마르크트의 가게들은 벌써 문을 닫았다. 블로흐는 발에 걸리는 버려진 채소나 과일 들을 아무렇게나 툭툭 차면서 걸어갔다. 가다가 가게들 사이에서 소변을 보았다. 목조 임시 건물의 벽 곳곳이 소변 자국으로 얼룩져 있었다.

전날 뱉어 놓았던 포도 껍질들이 아직도 인도 위에 널려 있었다. 블로흐가 여자 매표원 앞에 있는 접시 위에 지폐를 올려 놓자, 지폐는 회전하면서 안으로 들어갔다. 블로흐는 무슨 말인가를 했다. 여자 매표원이 대답했다. 그는 다시 무슨 말을 했다. 그것이 좀 이례적으로 들려서 그랬는지 여자 매표원이 그를 쳐다보았다. 그러면서 그가 계속 말하도록 두었다. 극장 안에서 블로흐는 그녀 곁에 있던 소설책과 전기 취사도구를 떠올렸다. 그는 몸을 뒤로 기대고 앉아 화면 속에서 진행되는 장면들을 하나하나 주의 깊게 바라보기 시작했다.

오후 늦게 그는 지하철을 타고 경기장으로 갔다. 입석 표를 사서 들어가, 아직 버리지 않고 들고 있던 신문지를 깔고 앉았다. 앞의 관객들이 그의 시야를 가렸지만 별로 방해가 되지는 않았다. 경기가 진행되면서 대부분의 관중들이 자리에 앉았다. 블로흐를 알아보는 사람은 아무도 없었다. 그는 관중 속에 휩

쏠리기 싫어서 깔고 앉았던 신문지 위에 맥주병을 세워 놓고 경기 종료 호루라기 소리가 울리기 전에 경기장을 나왔다. 경기장 앞에 서 있는 수많은 버스와 전차 들이 ─ 그것은 굉장히 인기 있는 시합이었다. ─ 그에게는 퍽 낯설게 느껴졌다. 그는 전차에 들어가 앉았다. 심판이 경기를 연장시켰나? 블로흐가 눈을 들어 밖을 보았을 때, 해가 기울고 있었다. 그는 아무것도 생각하고 싶지 않아서 고개를 숙였다.

밖에서 갑자기 바람이 불었다. 종료 호루라기 소리가 세 번 길게 울린 것과 거의 동시에 운전사들과 차장들이 버스와 전차에 올라탔고, 사람들이 경기장에서 우르르 빠져나왔다. 마치 경기장으로 맥주병들이 쏟아지는 것 같은 소리가 났다. 동시에 먼지가 유리창으로 휘몰아쳤다. 블로흐는 극장에서 몸을 뒤로 기대고 앉아서 그랬듯이 지금은 앞으로 허리를 수그리고 앉아 관중들이 차 안으로 밀려들어 오는 것을 보았다. 극장에서처럼 그는 영화 프로그램을 가지고 있었다. 지금 막 경기장 조명이 켜진 것 같다는 생각이 들었다. 블로흐는 어리석은 생각이라고 혼잣말을 했다. 그는 야간 경기에는 서투른 골키퍼였다.

시내에서 한참 공중전화 박스를 찾다가 빈 곳을 한 군데 발견했는데, 수화기가 땅으로 늘어져 있었다. 그래서 다른 전화 박스를 찾으며 계속 걸어갔다. 마침내 그는 서부 역에서 전화를 걸 수 있었다. 토요일이어서 그런지 아무하고도 연결이 안 되었다. 예전에 알고 지내던 여자가 전화를 받았을 때, 그는 자기가 누구인지 알 때까지 한참을 이야기했다. 그들은 서부 역 근처에 있는, 블로흐가 알기로 뮤직 박스가 있는 음식점에서 만나자고 약속했다. 그는 여자가 올 때까지 뮤직 박스에 동전을 넣거나, 다른 사람들이 돈을 넣고 누르는 것을 보면서 시간을 보냈다. 그러는 사이 벽에 걸린 축구 선수들의 사진과 사인도 구경했다. 그 음식점은 몇 년 전에 국가 대표 팀의 공격수였던 사람이 경영하던 곳이었는데, 그는 미국 선수 연맹의 어느 팀 소속 트레이너로 바다를 건너갔다가 그 리그가 해체된 후 어디론가 사라져 버렸다. 블로흐는, 뮤직 박스 옆 탁자에 앉아 맹목적으로 손을 뒤로 뻗어 똑같은 판만 계속 틀고 있는 어떤 아가씨와 대화를 나누었다. 그는 그녀와 함께 음식점을 나와 가까운 건물의 현관으로 들어가려고 했으나 문들이 모두 닫혀 있었다. 마침 문 하나가 열렸는데, 안에서 흘러나오는 노랫소리로 보아 두 번째 문 뒤에서는 예배를 보고 있는 것 같았다. 그들은 첫 번째 문과 두 번째 문 사이에 있는 엘리베이터로 들어갔다. 블로흐는 맨 위층으로 가는 단추를 눌렀다. 그러나 엘리베이터가 도착하기도 전에 아가씨가 내리겠다고 했다. 블로흐는 다시 1층으로 가는 단추를 눌렀다. 그들은 내려서 계단에 서 있었다. 그랬더니 아가씨가 좀 부드러워졌다. 그들은 같이 계단을 뛰어 올라갔다. 다락 층에 엘리베이터가 서 있었다. 그들은 엘리베이터 안으로 들어가 밑으로 내려와서 다시 거리로 나왔다.

블로흐는 잠시 아가씨 곁에서 같이 걸어가다가 몸을 돌려 다시 음식점으로 돌아왔다. 전화로 만나자고 했던 여자는 외투를 입은 채 기다리고 있었다. 블로흐는 자동 뮤직 박스 옆 식탁에 혼자 앉아 기다리고 있는 아가씨의 친구에게 그녀는 돌아오지 않을 것이라고 설명해 주고 그를 기다리고 있던 여자와 함께 음식점을 나왔다.

블로흐가 말했다. "당신은 외투를 입고 있는데, 나는 이렇게 외투 없이 같이 걷자니 좀 이상스럽군." 여자는 그와 팔짱을 꼈다. 그는 팔짱을 풀기 위해 무엇인가를 향해 손가락질해 보려고 했다. 그러나 무엇을 가리켜야 좋을지 알 수가 없었다. 그는 불쑥 석간신문을 사고 싶다고 했다. 그들은 이 거리 저 거리를 다니면서 신문팔이를 찾았지만 발견하지 못했다. 마침내 그들은 버스를 타고 남부 역으로 갔다. 그러나 그곳 신문 파는 가게는 벌써 문이 닫혀 있었다. 블로흐는 겉으로 놀란 티를 냈는데, 실제로도 놀랐다. 버스에서 핸드백을 열고 여러 가지 물건들을 뒤적이면서 기분이 편치 않다는 것을 내비치는 여자에게 블로흐는 "호텔에 쪽지 하나 맡기고 와야 하는데 잊고 있었네." 하고 말했다. '쪽지'라느니 '맡겨 놓다'라느니 하는 말이 실제로 무엇을 의미하는지 자신도 알 수 없었다. 하여간 그는 혼자 택시를 타고 나시마르크트로 왔다.

영화관은 토요일에 야간 상영도 했는데, 블로흐는 너무 일찍 왔다. 그는 근처에 있는 셀프서비스 레스토랑에 들어가 선 자세로 프리카델레*를 먹었다. 그는 짧은 시간 동안 여종업원에게 익살스러운 이야기를 하나 하려 했으나 시간이 다 되어 이야기를 끝내지도 못한 채 돈을 치렀다. 여종업원은 웃었다.

길에서 그는 아는 사람을 만났다. 그 사람은 돈 좀 빌려 달라며 블로흐를 졸랐다. 블로흐는 욕을 했다. 술에 취해 있던 그 사람이 블로흐의 옷소매를 붙잡았는데, 그때 거리가 갑자

---

*독일식 돼지고기 튀김 요리.

기 어두워졌다. 취객은 놀라서 손을 놓았다. 극장의 전광판이 꺼져서 그렇다는 걸 안 블로흐는 잡혀 있던 손에서 벗어나자 재빨리 그곳을 떠났다. 그는 극장 앞에서 여자 매표원을 만났는데, 그녀는 어떤 남자와 함께 자동차에 타고 있었다.

블로흐는 그녀를 바라보았다. 자동차 조수석에 앉은 그녀는 깔고 앉은 옷을 바르게 펴면서 블로흐에게 알은체했다. 적어도 블로흐는 그것을 응답으로 이해했다. 그뿐이었다. 그녀가 문을 닫자 자동차는 떠났다.

블로흐는 호텔로 돌아왔다. 호텔 대기실에 불이 켜져 있었지만 사람은 없었다. 그가 열쇠 보관함에서 열쇠를 뽑아 들자 접힌 종이쪽지 하나가 떨어졌다. 펴 보니 계산서였다. 손에 쪽지를 들고 대기실에 서서 문 옆에 있는 몇 개의 트렁크를 쳐다보고 있을 때, 물건 보관실에서 안내인이 나왔다. 블로흐는 신문 없냐고 물으면서 문이 열려 있는 보관실 안을 들여다보았다. 안내인은 대기실에서 가져온 의자 위에서 잠을 자고 있었던 모양이었다. 안내인은 문을 닫았다. 그래서 수프 접시가 놓여 있는 작은 삼각 사다리의 윗부분밖에 보이지 않았다. 안내인은 제자리로 가 앉으면서 말하기 시작했다. 그러나 블로흐는 이미 그의 문 닫는 행동을 거절하는 대답으로 여기고 계단을 올라가 자기 방으로 갔다. 오른쪽 긴 복도에는 문이 여러 개 있었는데, 그중 하나 앞에 신발이 놓여 있었다. 방에서 그는 끈을 풀지 않은 채 구두를 벗어 문 앞에다 내 놓았다. 그러고는 침대에 누워 곧 잠이 들었다.

한밤중에 옆방에서 싸우는 소리 때문에 잠이 깨었다. 아니, 어쩌면 갑작스레 잠을 깨면서 너무 놀라 옆방의 말소리를 싸

우는 소리로 잘못 들은 것이었는지도 모른다. 그는 주먹으로 벽을 한 대 쳤다. 그때 수돗물 트는 소리가 들렸다. 이어 수돗물이 잠기고 조용해졌다. 그는 다시 잠이 들었다.

다음날 블로흐는 전화 소리에 잠을 깼다. 하룻밤 더 머물 것인지를 묻는 전화였다. 그는 바닥에 놓여 있는 서류 가방을 바라보면서 — 그 방에는 트렁크를 넣어 두는 장이 없었다. — 그러겠다고 대답하고 전화를 끊었다. 마침 일요일이라서 닦아 놓지 않은 구두를 복도에서 들고 와 신고, 아침 식사를 하지 않은 채 호텔을 나왔다.

그는 서부 역에 있는 화장실에서 전기면도기로 면도를 했다. 그리고 샤워실에서 샤워를 했다. 옷을 입으며 신문의 스포츠 면과 사건 기사를 읽었다. 계속해서 기사를 읽으며 조금 있다 보니 — 샤워실 주변은 아주 조용했다. — 마음이 편안해졌다. 옷을 다 입고 샤워실 벽에 몸을 기댄 채 구둣발로 나무 벤치를 밀었다. 샤워실 청소를 담당하는 여자가 밖에서 그 소리를 듣고 왜 그러느냐고 물었다. 블로흐가 대답을 하지 않자 그녀는 문을 두드렸다. 그래도 대답하지 않자, 여자는 밖에서 수건으로(혹은 다른 것일지도 모른다.) 문손잡이를 한 대 갈기고는 가 버렸다. 블로흐는 선 채로 신문을 끝까지 다 읽었다.

역 앞 광장에서 아는 사람을 만났는데, 그는 어느 시골 경기의 심판을 보기 위해 교외로 가는 길이었다. 블로흐는 그 이야기를 농담으로 듣고 자기도 선심을 볼 수 있으니까 같이 가자고 했다. 그가 배낭의 줄을 풀고 심판 복장 한 벌과 레몬 한 꾸러미를 보여 주었을 때에도 블로흐는 마찬가지로 이 물건들 역시 장난감이라고 생각하면서, 같이 가게 된다면 자기가 배낭을 들고 가겠다고 했다. 블로흐는 그 사람과 교외선 열차를 타고 배낭을 무릎 위에 놓고 앉았지만, 점심시간이라 찻간이 거의 비어 있어서 아직도 모든 것이 농담 같았다. 텅 빈 찻간과 자신의 장난스러운 행동 사이에 무슨 관계가 있는지는 자신도 설명할 수가 없었다. 지인이 배낭을 가지고 교외선을 탔다는 것, 블로흐도 같이 탔다는 것, 그들이 함께 교외의 음식점에서 점심을 먹고, 블로흐가 말했듯이 "실제로 축구장에" 함께 갔다는 것, 경기가 그의 마음에 들지 않아서 혼자 도시로 돌아왔다는 것 — 그것이 블로흐에게는 경기와 심판, 양편의 속임수처럼 생각되었다. — 이 모든 것이 가치 없는 일이라고 블로흐는 생각했다. 다행히 역 앞 광장에서는 아무도 만나지 않았다.

그는 공원 주변에 있는 공중전화 박스에서 전처에게 전화를 걸었다. 그녀는 아무 일도 없다고 말하면서 그에게는 아무것도 묻지 않았다. 블로흐는 답답해졌다.

그는, 계절적으로는 영업할 때가 아닌데 문이 열려 있는 공원 커피숍에 들어가 맥주를 한 잔 주문했다. 한참이 지났는데도 맥주를 가져오지 않자 그냥 나왔다. 식탁보를 덮지 않은 철제 식탁이 그의 눈을 부시게 했다. 그는 음식점의 창가에 섰다. 안에 있는 사람들은 텔레비전 앞에 앉아 있었다. 그도 한참을 들여다보았다. 누군가가 그를 돌아다보자 그는 그곳을 떠났다.

프라터*에서 그는 싸움을 벌였다. 젊은 녀석 하나가 뒤에서

---

* 빈 3구에 있는 공원 이름. 옛날에는 왕실 사냥터였음.

재빠르게 조끼를 팔 위로 끌어당겼고, 다른 녀석은 머리로 그의 턱을 들이받았다. 블로흐는 약간 비틀대다가 앞에 있는 녀석에게 다가가 발길질로 응수했다. 두 녀석은 그를 과자 가게로 끌고 가, 두들겨 패서 넘어뜨렸다. 그가 쓰러지자 그들은 가버렸다. 그는 화장실에 들어가 얼굴과 옷을 닦았다.

그는 2구에 있는 커피숍에서 TV에 스포츠 뉴스가 나올 때까지 당구를 쳤다. 블로흐는 여종업원에게 TV를 켜 달라고 해 놓고는 정작 자신은 아무 관심이 없는 양 쳐다보지도 않았다. 그는 그녀에게 자기와 아무거나 한잔하자고 청했다. 그녀는 불법 도박을 하고 있는 듯한 뒷방에 들어갔다가 나왔다. 블로흐는 현관에서 기다리고 있었다. 그녀는 말없이 그의 곁을 지나갔다. 그도 밖으로 따라 나왔다.

나시마르크트로 돌아와 가게들 뒤에 아무렇게나 쌓아 놓은 텅 빈 과채 상자들을 보고 있자니 재미있는 익살을 보는 듯했다. '무언(無言)의 위트!' 하고 생각했다. 블로흐는 무언 풍자극을 즐겨 보았다. 위장된 또는 과장된 행동의 인상은 — '배낭 속에 심판용 호루라기를 넣어 다니는 그런 과장된 행동.' 하고 블로흐는 생각했다. — 희극 배우가 길을 지나가다가 고물가게에서 우연히 트럼펫 하나를 집어 들고 시험 삼아 불어 보면서 이 트럼펫과 다른 물건들을 있는 그대로 명확하게 재인식하는 영화 속 장면을 보자 비로소 사라졌다. 그는 마음이 안정되었다.

블로흐는 영화관에서 나와 나시마르크트에 있는 점포들 사이에서 매표원 아가씨를 기다렸다. 잠시 후, 마지막 회 상영이 시작되자 그녀는 영화관에서 나왔다. 점포들 사이에서 갑자기 마주치면 그녀가 놀랄까 봐, 밝은 곳으로 나올 때까지 상자 위에 앉아 기다렸다. 함석문이 닫힌 점포들 중 한 곳에서 전화벨이 울렸다. 그 점포의 전화번호는 닫힌 함석문 위에 커다랗게 적혀 있었다. '소용없는 짓이야!' 하고 블로흐는 생각했다. 그는 매표원 아가씨 앞에 나서지 않고 그 뒤를 따라갔다. 그녀가 버스에 탔을 때, 그도 마침 도착해서 그녀 뒤에서 차를 탔다. 그는 그녀 건너편에 앉았다. 그러나 그들 사이에는 좌석 열이 몇 줄 있었다. 나중에 새로 탄 사람들이 그의 시야를 가리자 다시 생각에 집중할 수 있었다. 그녀는 그를 보았지만 확실하게 알아보지는 못하는 것 같았다. 싸움 때문에 모습이 달라 보여서 그런가? 블로흐는 얼굴을 문질렀다. 버스 유리창에 비치는 모습으로 그녀가 지금 무엇을 하는지 살펴보면서 자신이 바보같이 느껴졌다. 그는 양복 안주머니에서 신문을 꺼내 글자들을 아래로 훑었지만 읽지는 않았다. 그러다 갑자기 한곳에 시선을 멈췄다. 가까운 거리에서 눈에 총을 맞아 죽은 어떤 포주의 살해에 대해 한 목격자가 증언하고 있는 기사였다. '그의 머리 뒤로 박쥐가 한 마리 날아가다가 벽에 부딪쳤죠. 나도 심장이 터지는 줄 알았습니다.' 단락이 바뀌지도 않고 돌연 다른 사건, 다른 사람을 언급하는 문장들이 이어지자 그는 놀랐다. 잠시 놀랐던 블로흐는 화를 내면서 '이럴 땐 단락을 바꾸지 않으면 안 되는데!' 하고 생각했다. 그는 중앙 통로에서 매표원 아가씨 쪽으로 다가가 그녀를 엇비슷하게 바라볼 수 있는 자리에 앉았다. 그러나 그녀를 응시하지는 않았다.

버스에서 내렸을 때, 블로흐는 자신들이 멀리 외곽 지대, 공항 근처에 있다는 걸 알았다. 지금은 밤이어서 아주 조용했다.

블로흐는 아가씨 옆에서 걸어갔다. 그러나 동반하기를 원하거나 또는 동반하려고 그러는 것은 아니었다. 얼마 후 그는 그녀를 건드려 보았다. 그녀는 멈춰 서서 그에게 몸을 돌리더니 깜짝 놀랄 정도로 격렬하게 그를 만졌다. 다른 손에 들려 있던 핸드백이 한순간 그녀 본인보다 더 친밀하게 여겨졌다.

한동안 그들은 얼마간 거리를 둔 채 서로 만지지 않고 나란히 걸어갔다. 건물 계단에서 그는 그녀를 다시 만졌다. 그녀는 뛰어가기 시작했고, 그는 천천히 걸어갔다. 그가 위로 올라갔을 때 문이 넓게 열려 있어서 그녀의 방이라는 것을 쉽게 알 수 있었다. 어둠 속에서 그녀를 알아볼 수 있었다. 그는 그녀에게 다가갔고, 그들은 곧 한 몸이 되었다.

그가 아침에 소음 때문에 잠이 깨어 아파트 창문을 바라보았을 때, 마침 비행기 한 대가 착륙하는 게 보였다. 비행기 위치 표시등의 번쩍거림 때문에 그는 커튼을 쳤다. 지금까지 전등을 끄고 있었기 때문에 커튼을 열어 놓았던 것이다. 블로흐는 누워서 다시 눈을 감았다.

눈을 감자 아무것도 생각할 수 없는 이상한 무능력 상태가 엄습했다. 방 안에 있는 물건들을 가능한 한 정확한 명칭으로 불러 보려고 했지만, 아무것도 표현할 수가 없었다. 그의 머릿속에서는, 방금 착륙하는 것을 보았고 지금 활주로 위에서 요란하게 브레이크 소리를 내는 비행기를 그에 맞는 명칭으로 부를 수가 없었다. 그는 눈을 뜨고 취사도구가 놓인 구석을 잠시 쳐다보았다. 찻주전자와 싱크대 물통에 늘어져 있는 시든 꽃을 인상 깊게 바라보았다. 그러나 눈을 감자 더 이상 꽃과 찻주전자를 생각할 수 없었다. 그는 이러한 물건들에 대한 명칭 대신 물건을 상상하는 게 훨씬 쉬울 거라는 생각을 하며 문장들을 만들어 보려고 노력했다. 찻주전자가 끓는다. 꽃은 어떤 남자 친구가 아가씨에게 선사한 것이다. 아무도 찻주전자를 전기풍로에서 내려놓지 않는다. "차를 끓일까요?" 하고 아가씨가 물었다. 그럴 필요가 없었다. 한참 후 블로흐는 참을 수가 없어서 눈을 떴다. 아가씨는 그의 옆에서 잠들어 있었다.

블로흐는 신경이 예민해졌다. 눈을 뜨고 있으면 주변이 부담스러웠고, 눈을 감고 있으면 주변의 물건들을 표현할 단어들을 찾아야 하는 것이 더 부담스러웠기 때문이었다. 그는 '내가 그녀와 잠을 잤기 때문에 그런가?' 하고 생각했다. 그는 욕실로 가서 오래도록 샤워를 했다.

블로흐가 샤워를 끝내고 돌아오자 정말 찻주전자에서 물이 끓고 있었다. "샤워 소리에 잠이 깼어요!" 하고 아가씨가 말했다. 블로흐는 그녀가 처음으로 그에게 직접 말한 것처럼 생각되었다. 그는 아직도 정신이 완전히 깬 것 같지가 않다고 대답했다. 찻주전자 속에 개미는 없었나? "개미요?" 주전자의 끓는 물을 잔 바닥에 있는 찻잎에다 부었을 때, 그는 찻잎 대신 개미를 보았다. 그는 이전에 끓는 물을 개미에게 부어 본 적이 있었다. 그는 커튼을 다시 열었다.

뚜껑을 열어 놓은 작고 둥근 찻잔 안으로 햇빛이 비쳐 들었을 때 찻잔 속의 차는 안쪽 벽에 반사되어 이상한 빛을 발하고 있었다. 찻잔을 가지고 식탁에 앉아 있던 블로흐는 멍하니 찻잔 속을 들여다보았다. 그는 찻잎의 독특한 빛에 매혹되어 옆의 아가씨와 대화를 나누면서 마음이 즐거워졌다. 마침내 그는 찻잔 뚜껑을 닫았고, 동시에 대화도 중단했다. 아가씨는 전혀 이상하다고 느끼지 못했다. "내 이름은 게르다예요!" 하고 그녀가 말했다. 블로흐는 조금도 관심이 없었다. '그녀는 아무런 이상함도 느끼지 못했을까?' 하고 그는 스스로에게 물었다. 그러나 그녀는 전기 기타로 연주하는 이탈리아 노래의 음반을 올려놓으며 "나는 그의 목소리를 좋아해요!" 하고 말했다. 이탈리아 유행 음악에 관심이 없는 블로흐는 아무 말도 하지 않았다.

그녀가 아침 식사를 가지러 잠깐 나갔을 때 — 나가면서 "오늘은 월요일이구나!" 하고 말했다. — 블로흐는 모든 것을 조용히 바라볼 수 있었다. 그들은 식사를 하면서 많은 이야기를 했다. 얼마 후 블로흐는 방금 자신이 처음으로 한 이야기들을 그녀가 마치 그녀 자신의 일인 것처럼 말한다는 것을 알게 되었다. 반면, 그는 그녀가 방금 이야기한 것에 대해 언급할 때마다 조심스럽게 인용했고 혹시 그것에 대해 자신의 단어로 말할 경우에는 그녀의 일을 자기 것으로 만드는 것을 꺼리듯 매번 낯설고 거리감이 느껴지는 '이 남자' 혹은 '이 여자'라는 지시어를 첫머리에 사용했다. 그가 현장감독이나 혹은 슈툼이라는 이름의 축구선수에 관해 이야기하면, 그녀는 자신이 그들과 친한 사이인 양 금세 "그 현장감독", "슈툼 씨" 하는 식으로 말했다. 반면, 그는 그녀가 프레디라는 지인에 대해 언급하거나 혹은 '스테판스켈러'라는 명칭의 음식점에 대해 이야기하면, 매번 "이 프레디라고요?" 혹은 "이 스테판스켈러라고요?" 하면서 되물었다. 그녀는 자기가 이야기한 모든 것에 그가 끼어드는 것을 거부하면서도 그의 이야기에는 거침없이 끼어들었는데, 그는 그것을 불쾌하게 여겼다.

그사이 몇 번 그렇고 그런 대화가 오갔다. 그가 질문하면 그녀가 대답했고, 그녀가 질문하면 그가 당연한 대답을 했다. "저 비행기가 제트기인가요?" —— "아니요, 프로펠러 비행기요." —— "당신 어디 사세요?" —— "2구에요." 자칫하다 그곳에서 싸웠던 이야기도 할 뻔했다.

그러나 모든 것이 점점 더 그를 불쾌하게 만들었다. 그가 대답하려고 하면 그녀는 그가 무슨 말을 하려고 했는지 이미 다 알고 있다는 듯 지레짐작했기 때문에 그는 입을 닫아 버렸다. 그녀는 안정을 찾지 못하고 방안을 이리저리 서성거렸다. 할 일을 찾기도 했고 가끔은 어색하게 웃기도 했다. 그녀는 일어서서 침대로 가 누웠다. 그는 그 여자 곁에 앉았다. "오늘 일하러 가지 않으세요?" 하고 그녀가 물었다.

갑자기 그는 그녀의 목을 졸랐다. 너무 세게 졸랐기 때문에 장난이라고는 생각할 수 없었다. 바깥 복도에서 사람 목소리가 들렸다. 그는 공포심으로 숨이 막힐 것 같았다. 그는 그녀의 코에서 무엇인가가 흐르는 것을 느꼈다. 그녀가 신음 소리를 냈다. 마침내 그는 어디선가 딱 하고 부딪히는 소리를 들었다. 울퉁불퉁한 들길에서 갑자기 돌멩이 하나가 굴러떨어져 아래에 있는 자동차를 때리는 소리 같았다. 그녀의 침이 리놀륨 바닥으로 흘러 떨어졌다.

불안감이 너무 커서 그는 곧 피곤해졌다. 바닥에 누웠지만 잠을 잘 수도, 머리를 쳐들 수도 없었다. 누군가가 바깥에서 얇은 천으로 문손잡이를 치는 소리가 들렸다. 그는 귀를 기울였다. 아무 소리도 들을 수 없었다. 그래서 그는 좀 잤다.

얼마 안 가서 잠이 깼다. 잠이 깬 첫 순간 그는 자신이 사방으로 노출되어 있는 것 같다고 느꼈다. 바람이 어떻게 방 안으로 드나드는 걸까 하는 생각이 들었다. 그런 일로 피부가 이상해진 일은 한 번도 없었다. 그럼에도 온몸에서 림프액이 분출되는 듯한 느낌이 들었다. 그는 일어나서 방 안에 있는 모든 물건들을 행주로 닦았다.

그는 창밖을 바라보았다. 아래쪽에서 누군가가 옷걸이에 걸린 양복을 한 팔에 잔뜩 들고 배달용 차를 향해 잔디 위로 달려가고 있었다.

그는 엘리베이터로 집을 빠져나와 방향을 바꾸지 않고 한참을 걸어갔다. 그다음 시외버스를 타고 전철역까지 가서 그곳에서 전차를 타고 시내로 들어왔다.

호텔로 돌아와서야 그는 자신이 더 이상 돌아오지 않을 줄 알고 호텔 측에서 가방을 따로 보관해 놓았다는 것을 알았다. 그가 요금을 계산하는 동안 호텔 사환이 보관실에서 가방을 가지고 왔다. 블로흐는 가방에 하얀 원 자국이 생긴 것을 보고 밑바닥이 젖은 우유병을 그 위에 세워 두었음을 알게 되었다. 안내인이 거스름돈을 찾는 동안 블로흐는 가방을 열어 보았다. 그리고 누군가가 가방 안을 뒤진 흔적을 보게 되었다. 칫솔 손잡이는 가죽 케이스 밖으로 나와 있었고, 트랜지스터라디오는 위가 열린 채 놓여 있었다. 블로흐는 사환에게로 몸을 돌렸다. 그러나 사환은 보관실 안으로 사라지고 없었다. 책상 뒤 안내인이 있는 공간은 대단히 좁아서 블로흐는 안내인을 한 손으로 끌어당겨 다른 손으로 그의 얼굴을 때리는 시늉을 했다. 정확하게 맞추지 않았음에도 안내인은 뒤로 움찔하며 물러났다. 보관실에 들어간 사환은 감감소식이었다. 블로흐는 가방을 들고 밖으로 나왔다.

그는 점심시간 전에 맞춰 회사 인사계에 도착해서 서류를 받으려고 했다. 아직 서류가 정리되지 않아서 몇 군데 전화를 더 해야 한다고 했다. 그는 전화 좀 하겠다고 양해를 구하고 전처에게 전화를 걸었다. 어린애가 전화를 받아서는 누가 시킨 말투로 엄마는 집에 없다고 말했다. 블로흐는 전화를 끊었다. 그사이 서류가 정리되었다. 그는 근로소득세 카드를 서류 가방에 넣었다. 아직 받지 못한 임금에 대해 물어보려고 하는데, 여직원은 벌써 사라지고 없었다. 블로흐는 전화요금을 책상 위에 던져 놓고 회사를 나왔다.

은행들도 문이 닫혀 있었다. 그래서 당좌 계좌의 돈을 — 그는 저금통장을 가져 본 적이 없었다. — 인출하기 위해 점심시간이 지날 때까지 공원에 앉아 기다렸다. 그 돈으로는 멀리 갈 수가 없을 것 같아서 아직 새것인 트랜지스터라디오를 환불하기로 했다. 그는 버스를 타고 2구에 있는 자신의 숙소로 가서 사진기와 면도기도 같이 갖고 나왔다. 가게에서는 새 물건으로 교환하는 것만 가능하다고 했다. 블로흐는 다시 버스를 타고 숙소로 와서 여행 가방에 두 개의 우승컵을 넣었다. 그의 팀이 한 번은 토너먼트 경기에서 또 한 번은 컵 대회에서 받은 것으로 물론 둘 다 모조품이었다. 거기에 기념품 하나와 도금한 축구화 두 짝도 같이 넣었다.

그는 중고품 상가에 들러, 아무도 없을 때 여행 가방을 열고 물건들을 꺼내 판매대 위에 늘어놓았다. 당연히 물건들을 팔 작정으로 그렇게 한 것이었다. 그러다가는 다시 물건들을 판매대에서 집어 재빨리 가방에 숨겼다. 누군가가 그것이 무엇이냐고 묻자 다시 판매대 위에 내놓았다. 그는 뒤쪽 선반에 놓인 뮤직 박스를 보았는데, 그 위에는 사기로 만든 춤추는 여인이 흔히 볼 수 있는 자세로 서 있었다. 그는 뮤직·박스를 볼 때마다 이전에 어디선가 한번 본 것 같다는 생각이 들었다. 흥정도 하지 않고 처음 부른 값에 물건들을 모두 팔아 버렸다.

숙소에서 들고 나온 가벼운 외투를 팔에 걸치고 서부 역으로 가기 위해 버스를 타러 가는 길에, 그는 이전에 매점에서 신문을 살 때 보았던, 신문 파는 여자를 다시 만났다. 그녀는 털외투를 입고 개를 한 마리 데리고 걸어가고 있었다. 그가 신문을 사면서 신문과 동전을 주고받을 때, 그녀의 검은 손톱도 자주 보았고 이야기도 많이 나눴는데, 지금 매점 밖에서 보니까 자기를 못 알아보는 것 같았다. 어쨌든 그녀는 그를 쳐다보지 않았고 그의 인사에 대꾸도 하지 않았다.

국경 방향으로 가는 기차가 하루에 몇 편 없어서, 블로흐는 다음 기차가 출발할 때까지 시사적인 영화들을 연속 상연하는 영화관에 들어가 그곳에서 잠을 자며 시간을 보냈다. 그런데 갑자기 조명이 너무 밝아지기도 했고, 여닫히는 커튼 소리도 기분 나쁘게 들렸다. 커튼이 닫혀 있는지 열려 있는지 보기위해 눈을 떴다. 누군가가 그의 얼굴을 손전등으로 비췄다. 블로흐는 손전등을 든 안내원을 한 대 갈기고 영화관 옆에 있는 화장실로 갔다.

그곳은 조용했고, 햇볕도 들어왔다. 블로흐는 한참을 말없이 서 있었다.

안내원이 그를 뒤쫓아 와서 순경을 부르겠다고 했다. 블로흐는 수도꼭지를 틀고 손을 씻었다. 그리고 전기 건조기의 스위치를 눌러 안내원이 사라질 때까지 더운 바람 아래서 양손을 말리고 있었다.

그런 다음 칫솔질을 했다. 한 손으로 이를 닦고 다른 손으로는 가볍게 주먹을 쥔 채 가슴을 누르고 있는 자신의 모습이 거울에 비쳐 보였다. 극장에서 만화영화 주인공들의 울부짖음과 광란의 소리가 들려왔다.

이전에 블로흐에게는 여자 친구가 한 사람 있었는데, 그가 알기로 지금 그녀는 남쪽 국경 지역에서 여인숙을 운영하고 있었다. 전국 전화번호부가 놓여 있는 정거장 우체국에서 그녀의 전화번호를 찾아보았으나 찾을 수가 없었다. 그곳엔 상호가 같은 업소가 몇 개 있었는데, 주인 이름이 적혀 있지 않았다. 게다가 전화번호부는 들고만 있기에도 꽤 무거웠다. 전화번호부는 모두 뒷면이 위로 오게 매달아 놓았는데, 얼굴을 아래쪽으로 하고 봐야 한다는 생각이 갑자기 들었다. 그때 순경이 안으로 들어와서 신분증을 요구했다.

순경은 신분증과 블로흐 얼굴을 번갈아 바라보면서 극장 안내원이 고발했다고 했다. 잠시 후 블로흐가 미안하게 됐다고 말하려는데, 순경은 같이 지서(支署)로 좀 가자고 하면서 신분증을 돌려줬다. 블로흐는 그를 쳐다보지도 않고 전화번호부로 한 대 갈겨 의식을 잃게 만들었다. 누군가가 고함을 질렀다. 봤더니 그의 앞에 있는 전화박스에서 그리스인 노동자가 수화기에다 대고 큰 소리로 말하고 있었다. 블로흐는 깊이 고민한 뒤 기차 대신 버스를 타기로 마음먹었다. 그는 표를 바꾸고 소시지가 든 빵과 신문 몇 부를 산 뒤 고속버스 정류장으로 갔다.

버스가 와 있었지만 문은 아직 닫혀 있었다. 운전사들은 조금 떨어진 곳에 함께 모여 떠들고 있었다. 블로흐는 벤치에 가서 앉았다. 해가 비치고 있었다. 그는 소시지가 든 빵을 먹고, 신문은 장거리 버스 여행 중에 읽으려고 옆에 놔뒀다.

버스의 양쪽 측면에 있는 짐칸은 텅 비어 있었다. 짐을 들고 온 사람이 거의 없었다. 블로흐는 버스 뒷문이 닫힐 때까지 밖에서 오래도록 기다렸다. 그런 다음 그가 앞문으로 서둘러 올라타자 버스가 출발했다. 밖에서 부르는 소리에 버스는 다시 정지했다. 블로흐는 돌아보지 않았다. 시골 여자가 큰 소리로 우는 아이를 데리고 차에 올라탔다. 아이는 안에 들어오자 조용해졌고 버스는 다시 출발했다.

블로흐는 마침 자기가 버스 바퀴 위의 좌석에 앉아 있다는 걸 알았다. 바퀴 부분이 둥그스름하게 올라온 바닥에 올려놓은 발이 자꾸 미끄러져 내려갔다. 그래서 그는, 필요할 경우 편안하게 뒤쪽으로 밖을 내다볼 수 있는 맨 뒷좌석 줄에 가서 앉았다. 그는 자리에 앉으면서 별다른 의미 없이 백미러를 통해 운전사의 눈을 보았다. 블로흐는 몸을 돌려 가방을 뒤에 놓고 밖을 내다보았다. 뒷문에서는 덜컹덜컹 소리가 났다.

버스 좌석은 손님들이 앞을 보고 앉도록 되어 있는데, 블로흐 앞에 있는 두 줄만은 서로 마주 보고 앉도록 되어 있었다. 버스가 출발하자 앞쪽에 차례로 앉아 있던 손님들은 모두가 똑같이 말을 멈췄는데, 뒤쪽에 마주 보고 앉아 있던 손님들은 계속 이야기를 하고 있었다. 사람들의 목소리가 블로흐를 편안하게 했고, 이야기를 들으면서 마음이 가벼워졌다.

잠시 후 그의 옆쪽 구석에 앉아 있던 어떤 부인이 ─ 버스는 시외로 빠지는 간선도로에 들어섰다. ─ 그가 동전 몇 개를 떨어뜨렸다고 알려 주었다. 그녀는 "이거 당신 돈이죠?" 하고 말하면서 등받이와 좌석 사이의 틈에서 꺼낸 동전 하나를 그에게 보여 주었다. 그와 부인 사이에 있는 좌석의 중앙에는 또 다른 1센트짜리 미국 동전이 떨어져 있었다. 블로흐는 좀 전에 몸을 돌렸을 때 떨어뜨린 것 같다고 대답하면서 동전들을 집어 들었다. 그러나 부인은 그가 몸을 돌렸다는 말을 잘 알아듣지 못하고 다시 물었고, 블로흐는 다시 대답해 주었다. 앉은 자세가 불편하기는 했지만 그들은 잠시 이야기를 주고받았다.

말하고 듣고 하느라 블로흐는 동전들을 주머니에 넣는 것을 잊고 있었다. 동전들은 극장 매표소에서 받았을 때처럼 그의 손에서 따뜻해졌다. 그는 얼마 전 축구 경기에서 사이드 선택을 위해 동전들을 땅에 던져서 이렇게 지저분하게 보이는 거라고 말했다. 부인은 "무슨 말인지 잘 모르겠네요!" 하고 말했다. 블로흐는 신문을 폈다. 부인이 "아, 인물 아니면 숫자로 선택하는 것이군요!" 하고 이해를 해서 블로흐는 다시 신문을 접었다. 조금 전 자동차 바퀴 위 좌석에 앉을 때, 외투 고리를 옆에 있는 못에다 걸어 놓고 늘어진 외투자락을 깔고 앉아 있었는데, 차가 갑자기 움직이는 바람에 외투 고리가 뜯어져 버렸다. 블로흐는 외투를 무릎 위에 올려놓고 부인 옆에 아무 생각 없이 앉아 있었다.

길은 좋지 않았다. 버스 뒷문이 완전히 닫히지 않아 햇볕이 버스 문틈으로 가물가물 비쳐 들고 있었다. 문틈을 쳐다보지 않고도 신문지 위로 가물거리는 빛을 알아볼 수 있었다. 그는 신문을 한 줄도 빼놓지 않고 모두 읽었다. 그런 다음 고개를 들어 앞에 앉아 있는 승객들을 바라보았다. 멀리 앉은 사람일

수록 보기에 마음이 편했다. 얼마 후 차 안에서 가물거리던 빛이 사라진 것을 깨달았다. 밖은 어두워져 가고 있었다.

블로흐는 그렇게 많은 개별 기사들을 읽는 데 익숙하지 않았던 데다 신문 냄새까지 계속 맡아서 머리가 아팠다. 다행히 버스는 도청 소재지에서 잠깐 정차했고, 승객들은 그곳 휴게소에서 저녁 식사를 할 수 있었다. 블로흐가 밖에서 이리저리 걸어 다니는 동안, 안쪽 주점에서는 담배 자동판매기의 쿵쾅거리는 소리가 반복해서 들렸다.

그는 입구에서 불이 켜져 있는 전화박스를 보았다. 지금까지 버스를 타고 오면서 그 진동으로 귀가 멍멍했던 것에 비하면, 전화박스 앞에 깔린 자갈을 밟는 소리는 그렇게 나쁘지 않았다. 그는 박스 옆에 있는 쓰레기통 속에 신문들을 밀어 넣었다. 어떤 영화에서 밤중에 누군가가 쓰레기통에 신문을 버리면서 "좋은 표적을 남겨 주는 셈인데!" 하고 창가에 서 있던 상대에게 말하는 소리를 들었던 것이 생각났다.

아무도 전화를 받지 않았다. 다시 밖으로 나와 전화박스 그늘 밑에 선 블로흐는 휴게소의 닫힌 커튼 뒤쪽 자동오락기에서 나는 요란한 벨소리를 들었다. 술집에 들어와 보니 그사이 텅 비어 있었다. 승객들은 다 나가고 없었다. 블로흐는 선 채로 맥주를 한 잔 마시고 복도로 나왔다. 승객 몇 사람은 벌써 버스 안에 앉아 있었고, 몇 사람은 문가에 서서 운전사와 이야기를 하고 있었으며, 좀 떨어진 곳에는 어둠 속에 등을 보이고 서 있는 사람들도 있었다. 이러한 모습이 마음에 들지 않았던 블로흐는 단순히 시선을 돌리는 대신, 손으로 입을 문질렀다. 복도 저편으로 아이들을 데리고 화장실에서 나오는 승객들이 보였다. 입을 문질렀던 손에서는 좌석 등받이에 붙어 있는 금속 손잡이 냄새가 났다. '이건 아닌데!' 하고 블로흐는 생각했다. 운전사는 먼저 승차해서 다른 사람들에게 차를 타도록 신호를 보내고 시동을 걸었다. '마치 말을 못 알아듣는 사람에게 하듯 하는군.' 하고 블로흐는 생각했다.

버스가 출발하자 누군가가 창문으로 급히 내던진 담배에서 불꽃이 일어 길바닥에 흩날렸다.

그의 옆에는 아무도 없었다. 블로흐는 구석으로 들어가 앉아서 다리를 좌석 위로 쭉 뻗었다. 그는 구두끈을 풀어서 벗어 놓고 창 쪽으로 몸을 기댄 채 맞은편 창밖을 바라보았다. 두 손으로 목 뒤에 깍지를 끼고 앉아, 좌석에 널려 있는 빵 조각을 발로 밀어내고, 팔 아랫부분으로 양 귀를 누른 채 바로 앞에 있는 팔꿈치를 바라보았다. 그는 팔꿈치 안쪽으로 관자놀이를 누르기도 하고, 셔츠 소매 냄새를 맡기도 하고, 알통 부분으로 턱을 비비기도 하고, 머리를 뒤로 젖히고 버스 천장의 불빛을 쳐다보기도 했다. 결코 여기서 멈출 수 없지! 그는 등을 기대고 비스듬히 앉았던 자세를 똑바로 했다.

비탈에 서 있는 나무들의 그림자는 그 주변으로 버스가 지나갈 때 둥글게 흔들거렸다. 정면 유리 위에 놓인 두 개의 와이퍼는 서로 다른 방향을 가리키고 있었다. 운전사 옆에 있는 차표 가방은 열려 있었고, 버스의 중앙 통로에는 장갑 한 짝이 떨어져 있었다. 도로 옆 초원에는 소들이 엎드려 있었다. 이 모두가 부정할 수 없는 사실이었다.

버스가 정류장에 설 때마다 점점 더 많은 손님들이 내렸다. 그들은 운전사 곁에 서서 문이 열리길 기다렸다. 버스가 섰을 때, 블로흐는 버스 지붕 위에서 차 덮개가 펄럭이는 소리를 들었다. 버스는 거듭해서 섰고, 밖의 어두움 속에서 인사 소리가 들려오기도 했다. 좀 더 멀리 가서 그는 차단기가 없는 건널목을 보았다.

버스는 밤 12시가 되기 전에 국경 마을에 도착했다. 도착하자마자 블로흐는 곧바로 정류장 옆에 있는 여관으로 들어갔다. 위층으로 안내하는 여종업원에게 혹시 이 마을에 사는, 헤르타라는 성(姓)을 가진 여자를 아느냐고 물었다. 헤르타는 이곳으로부터 상당히 떨어진 곳에서 여인숙을 하고 있는 여자라고 여종업원이 알려 주었다. "그런데 이 떠드는 소리는 뭐요?" 하고 문을 나가는 아가씨에게 물었다. 그녀는 "젊은 사람들이 아직까지 볼링 경기를 하는 소리예요!" 하며 방을 나갔다. 블로흐는 주변을 둘러보지도 않고 옷을 벗은 후 손을 씻고 침대에 가서 누웠다. 아래층에서 덜커덩거리는 소리와 꽝 하는 소리가 아직도 계속되고 있었지만 그는 곧 잠이 들었다.

그는 스스로 잠을 깬 것이 아니라 무엇인가에 의해 잠에서 깨어났다. 주변은 조용했다. 무엇 때문에 눈을 뜨게 되었는지 생각을 해 보았다. 잠시 후 그는 신문이 구겨지는 소리 때문에 놀라서 깨지 않았나 하는 생각을 했다. 아니면 옷장의 삐거덕 소리 때문에? 의자 위에 아무렇게나 벗어 놓은 바지에서 동전 하나가 떨어져 침대 밑으로 굴러가 있었다. 벽에는 터키와의 전쟁 당시 이 마을의 모습을 그려 놓은 동판화가 걸려 있었다. 성벽 앞으로 시민들이 길게 줄을 지어 걸어가고 있고, 성벽 뒤 종탑 속에는 종이 비스듬히 걸려 있어서 종소리가 격렬하게 울리고 있다는 추측을 가능하게 했다. 블로흐는 아래쪽 종지기가 어떻게 종 치는 밧줄에 의해 위로 들려 올라가는지 곰곰이 생각해 보았다. 그는 밖에 있는 시민들이 모두 성문으로 향하는 것을 보았다. 몇 사람은 팔에 아이들을 안고 가고 있었고, 개 한 마리가 어린애의 다리 사이로 이리저리 움직이는 바람에 채여서 비틀거리고 있었다. 교회 탑에 매달린 작은 비상종도 거의 뒤집힐 것처럼 보였다. 침대 아래에는 타다 남은 성냥개비 하나가 떨어져 있었다. 복도 밖 저쪽에서 짤각하고 열쇠로 문 여는 소리가 들렸다. 그 소리를 듣자 잠이 완전히 깼다.

블로흐는 아침 식사를 하면서 이틀 전에 보행 장애를 가진 학생이 실종되었다는 이야기를 들었다. 그것은 창밖에서 여종업원이 버스 운전사에게 하는 이야기였다. 운전사는 어젯밤 이 여관에서 잠을 자고 아침이 되어 거의 빈 차로 떠나기 직전이었다. 여종업원도 곧 사라졌다. 그래서 그는 잠시 혼자 객실에 앉아 있었다. 옆에 있는 의자 위의 신문들을 뒤적이다가, 그 실종된 학생은 보행이 불편한 게 아니라 말을 못하는 학생이라는 기사를 읽었다. 여종업원이 다시 오면 신문 기사에서 읽은 올바른 내용을 설명해 주고, 그녀가 잘못 알고 있는 부분을 고쳐 주려고 했다. 블로흐는 그러기 위해 무슨 말부터 해야 좋을까 하고 생각에 잠겼다. 그때 상자에 든 빈 맥주병을 마당 위로 끌고 가면서 나는 쨍그랑 소리가 들렸다. 마루에서 들리는 빈 맥주병 운반인의 목소리가 마치 옆에 있는 텔레비전에서 나는 소리 같았다. 식당 주인의 어머니가 하루 종일 옆방에 앉아 텔레비전의 시간제 채널 프로그램을 본다고 여종업원이 이야기해 주었다.

그 후 블로흐는 잡화점에 들러 셔츠, 내복 그리고 양말 몇 켤레를 사려고 했다. 어두운 창고에 있다 나온 여점원은 블로흐가 긴 문장으로 말한 것을 잘 알아듣지 못했다. 원하는 물건을 가리키는 단어들을 하나씩 말하자 그녀는 그제야 움직이기 시작했다. 그녀는 계산대의 서랍을 열면서 고무장화도 있다고 했다. 그리고 그가 원하는 물건들을 플라스틱 주머니에 담으면서 더 필요한 것이 없느냐고 물었다. 수건? 넥타이? 털 조끼? 여관에 돌아온 블로흐는 옷을 갈아입고 벗은 옷들은 플라스틱 주머니에 차곡차곡 넣었다. 밖으로 나와 마을을 벗어나서 계속 길을 가는 동안 아무도 만나지 못했다. 어떤 신축 건물 옆에 회반죽 섞는 기계가 작동을 멈춘 채 서 있었다. 너무 조용해서 블로흐는 자신의 발자국 소리를 마치 자기 것이 아닌 것처럼 들었다. 그는 멈춰 서서 어떤 제재소의 나무 더미를 덮고 있는 검은 포장을 바라보며, 제재소 일꾼들이 그 나무 더미 뒤에 앉아 새참을 먹으며 웅얼거리는 이야기 소리를 들었다.

두서너 채의 농가 및 세관 초소가 음식점과 함께 있는 것과 아스팔트 도로가 그곳에서 빙 돌아 마을까지 연결되어 있는 것이 그의 눈에 뚜렷하게 들어왔다. 그 도로에서 작은 길이 하나 갈라져 나와 있었다. 농가들 사이로 난 그 길에는 똑같이 아스팔트가 깔려 있었는데, 후에 포장이 돼야 할 길이었다. 그 다음 국경선 바로 앞까지 작은 다리를 건너가야 했다. 국경은 차단되어 있는 것 같았다. 블로흐는 국경 통과에 대해 전혀 아는 것이 없었다.

초원 위로 매 한 마리가 빙빙 돌고 있는 것이 보였다. 매가 그 자리에서 날개를 펄럭이다가 급강하할 때, 그는 매의 펄럭

임과 급강하를 관찰한 것이 아니라 매가 급강하한 그 장소를 주의해서 보았다. 매는 급강하했다가 다시 날아오르기를 반복했다.

옥수수 밭을 지나갈 때는 밭의 다른 쪽 끝까지 직선으로 뻗어 있는 길을 본 게 아니라 둘로 나누어진 덤불숲의 줄기나 잎 그리고 옥수수 이삭들로 이루어진 더미를 보았다. 그 더미에서 나온 옥수수 알갱이들이 여기저기 흩어져 있었다. 게다가 도로 밑으로 개천이 제법 큰 소리를 내며 흐르고 있었다. 블로흐는 멈춰 섰다.

그는 여인숙에서 바닥을 닦고 있는 여종업원과 마주쳤다. 그는 여주인 헤르타에 대해 물어보았다. 여종업원은 "아직 주무시고 계세요!" 하고 대답했다. 블로흐는 선 채로 맥주를 한 병 시켰다. 여종업원은 식탁에서 의자를 내려놓았다. 블로흐는 두 번째 의자를 식탁에서 내려놓고 앉았다.

여종업원은 카운터 뒤로 걸어갔다. 블로흐는 양손을 식탁에 올려놓았다. 여종업원은 허리를 구부리고 맥주병 뚜껑을 땄다. 블로흐는 재떨이를 밀어 놓았다. 여종업원은 다른 식탁에서 맥주잔 받침대를 들고 왔다. 블로흐는 의자를 뒤로 밀었다. 여종업원은 병에다 씌워 놓았던 잔을 벗겨 들고, 식탁 위에 잔 받침대를 놓고, 잔을 그 위에 세우고, 잔에다 술을 따르고, 병을 식탁 위에 세워 놓고 사라졌다. 또 시작이군! 블로흐는 무엇을 해야 할지 알 수가 없었다.

그는 잔에서 흘러내리는 맥주 거품과 성냥개비 두 개로 시곗바늘을 만들어 놓은 벽시계를 쳐다보았다. 부러진 성냥개비는 시침 역할을 하고 있었다. 그는 밑으로 흘러내리는 맥주 거품을 바라본 게 아니라, 잔 받침대에 거품이 흘러내릴 위치를 바라보고 있었다. 그사이 바닥에 왁스를 바르고 있던 여종업원은 그에게 여주인을 아느냐고 물었다. 블로흐는 고개를 끄덕이다가 여종업원이 쳐다보자 "그렇소." 하고 대답했다.

한 어린애가 문도 닫지 않고 안으로 뛰어 들어왔다. 여종업원은 그 어린애를 신발 벗는 입구까지 다시 쫓아내 주의를 준 다음 문을 닫았다. "여주인의 딸이에요!" 여종업원이 어린애를 부엌으로 데려가면서 말했다. 그녀는 다시 돌아와서 며칠 전에 한 남자가 여주인을 찾아왔다고 말했다. "그는 샘을 파 달라는 주문을 받고 왔다고 했어요. 여주인은 그를 곧 다시 내보내려고 했지만 막무가내로 버티자 지하실을 가리켰고, 그 남자는 그곳에서 삽을 한 자루 들고 나왔어요. 그사이 여주인은 사람 살리라며 도움을 청했죠. 그러자 남자는 도망을 쳤고, 그녀는……." 블로흐는 그녀의 말을 잠시 중단시켰다. "아이는 그때부터 샘 파는 사람이 또 올까 봐 두려워해요." 그런데 그사이 세관원 한 사람이 안으로 들어와 카운터에서 화주(火酒)를 한 잔 주문했다.

"실종된 학생은 집에 돌아왔나요?" 하고 여종업원이 물었다. "아니요, 아직 찾지 못했어요." 하고 세관원이 대답했다.

"이틀씩이나 집을 나간 게 이번이 처음은 아니에요." 하고 여종업원이 말했다. 세관원은 "하지만 요즘 밤기운이 몹시 추운데." 하고 대꾸했다.

"그 아이는 옷을 항상 두툼하게 입고 있었어요." 하고 여종업원이 말했다. "그래요, 두툼하게 옷을 입고 있었지요." 하고 세관원이 말했다.

그는 "멀리 가지는 못했을 거요." 하고 덧붙였다. 멀리 갈 수는 없었을 거라고, 여종업원도 반복해서 말했다. 블로흐는 뮤직 박스 위에 있는 손상된 사슴뿔을 보았다. 지뢰밭에서 죽은 사슴의 뿔이라고 여종업원이 설명해 주었다.

부엌에서 말소리가 들려왔다. 여종업원이 닫힌 문에다 대고 소리를 질렀다. 여주인 헤르타가 부엌에서 대답하는 소리가 들렸다. 그렇게 잠시 서로 이야기를 했다. 이야기하는 도중에 여주인이 안으로 들어왔다. 블로흐는 그녀에게 인사를 했다.

그녀는 블로흐가 앉은 식탁으로 와서 옆자리가 아닌 맞은편에 앉았다. 두 손은 식탁 아래 무릎 위에 얹어 놓았다. 블로흐는 열린 문을 통해 부엌에서 냉장고가 윙 하고 돌아가는 소리를 들었다. 어린애가 냉장고 곁에 앉아 빵을 먹고 있었다. 여주인은 오랫동안 그를 보지 못했던 것처럼 유심히 살펴보고 있었다. "정말 오랜만이군요!" 하고 그녀가 말했다. 블로흐는 자신의 숙소를 이 지역에 정하게 된 사연을 이야기했다. 열린 문을 통해 저쪽 부엌에 여종업원이 앉아 있는 것이 보였다. 여주인은 양손을 식탁 위에 놓고 손등을 가렸다 보였다 했다. 여종업원은 블로흐가 그녀를 위해 주문한 음료를 가져왔다. 어떤 '그녀'? 그사이 텅 빈 부엌에서 냉장고 진동 소리가 들려왔다. 블로흐는 문을 통해 부엌 조리대 위의 사과 껍질을 보았다. 조리대 아래에는 사과가 가득 든 쟁반이 있었다. 사과 몇 개는 아래로 굴러떨어져 바닥 여기저기에 흩어져 있었다. 문틀에 박혀 있는 못에는 작업복이 걸려 있었다. 여주인은 재떨이를 두 사람 사이에 밀어 놓았다. 블로흐가 병을 옆으로 밀어 놓자, 여주인은 성냥갑을 앞에 내놓고, 잔도 그 옆에 세워 놓았다.

블로흐도 그의 잔과 병을 그 옆 오른쪽에 밀어 놓았다. 헤르타가 웃었다.

아이가 안으로 들어와 여주인 뒤 의자에 기대섰다. 그 아이는 부엌으로 땔나무를 가져오다가 한 손으로 문을 열면서 나무토막들을 떨어뜨렸다. 여종업원이 떨어진 나무토막들을 주워 모아 부엌으로 들고 들어가고, 아이는 여주인의 뒤에 있는 의자에 몸을 기대고 섰던 것이다. 블로흐에게는 이 모든 것이 자기를 향해 일어난 일 같았다.

누군가 밖에서 창문을 두드리다가 곧 사라졌다. 건물주의 아들이라고 여주인이 말했다. 밖으로 소년들이 지나가고 있었는데, 그들 중 하나가 급히 이쪽으로 와서 얼굴을 창에 대고 보다가 다시 뛰어가 버렸다. "학교가 파했나 봐요!" 하고 그녀가 말했다. 그때 길에 가구 운반차가 서는 바람에 실내가 컴컴해졌다. "저기 내 가구가 왔네!" 하고 여주인이 말했다. 블로흐도 일어서서 가구를 들이는 데 도움을 줄 수 있어서 마음이 가벼워졌다.

안으로 들여오면서 옷장 문이 열렸다. 블로흐는 발로 그것을 닫았다. 옷장을 침실에 내려놓을 때 문이 또 열렸다. 운반 인부 중 하나가 블로흐에게 열쇠를 주기에 그는 문을 잠갔다. 그러나 블로흐는 자신이 주인은 아니라고 말했다. 자신이 무슨 말인가를 한다면 그것에 대한 책임을 져야 할 것 같았다. 여주인은 그를 식사에 초대했다. 블로흐도 사실은 그녀 집에 머물려고 찾아왔지만 거절했다. 그러나 그는 저녁에 다시 오려고 했다. 가구들이 있는 방에서 말하고 있던 여주인 헤르타가 막 밖으로 나가고 있던 그에게 무어라고 대꾸를 했다. 어쨌든 그

녀가 자신을 부른 것으로 느꼈다. 그러나 그가 방으로 되돌아
오면서 도처의 열린 문을 통해 본 것은 부엌 화덕 곁에 서 있
는 여종업원과 침실 옷장에다 옷을 정돈하고 있는 여주인 그
리고 방에 있는 책상에서 숙제를 하고 있는 어린애 모습이었
다. 밖으로 나올 때 화덕에서 물이 끓는 소리를 자신을 부르는
소리로 착각한 모양이었다.

　창문이 열려 있었음에도 세관 초소 안을 들여다보는 것은
불가능했다. 사무실은 밖에서 볼 때 너무 어두웠다. 그러나 안
에서는 블로흐를 볼 수 있을 것이다. 그래서 그는 초소 옆을
지나가려면 숨을 죽이고 가야 할 거라고 혼자 생각했다. 창문
이 활짝 열려 있음에도 사무실에는 아무도 없는 일이 가능할
까? 왜 하필 '있음에도'일까? '창문은 활짝 열려 있는데 사무
실에 아무도 없는 일이 가능할까?'처럼 '있는데'란 단어를 쓸
수도 있지 않은가? 블로흐는 뒤를 돌아보았다. 누군가가 그를
확실하게 보기 위해 창문턱에 놓인 맥주병을 치웠다. 그는 병
이 소파 밑으로 굴러가는 소리를 들었다. 그러나 세관 초소 안
에 소파가 있다는 것은 기대하기 어려운 일이었다. 한참 뒤에
사무실에 라디오가 켜져 있었다는 사실을 분명하게 깨달았다.
그는 곡선으로 나 있는 길을 따라 마을을 향해 되돌아왔다.
마음이 가벼워져서 한번은 달려 보기도 했다. 그의 앞으로 마
을을 향해 뻗어 있는 길은 수수하고 정말로 좋았다.

　얼마간 집들 사이로 걸어갔다. 카페에 들른 그는 주인이 뮤
직 박스를 켜 놓자 판을 몇 장 눌러 놓고는 다 돌아가기도 전
에 그곳을 나왔다. 밖으로 나오면서 그는 주인이 플러그를 다
시 뽑는 소리를 들었다. 길가 벤치에는 학생들 몇몇이 앉아서

버스를 기다리고 있었다.

그는 과일 가게 앞에 서 있었다. 그러나 과일 가게 아주머니가 그에게 말을 걸기에는 너무 멀리 떨어져 있었다. 아주머니는 그를 보면서 그가 좀 더 가까이 오기를 기다렸다. 블로흐 바로 앞에 서 있던 어린애가 무어라고 말을 했지만 아주머니는 대답하지 않았다. 뒤쪽에서 오고 있던 순경이 과일 진열대 앞으로 가깝게 다가왔을 때, 가게 아주머니는 곧 그에게 말을 걸었다.

마을에는 공중전화 박스가 없었다. 블로흐는 우체국에서 친구에게 전화를 걸려고 창구에 있는 벤치에서 기다렸다. 그러나 전화는 되지 않았다. 낮에는 통화가 너무 밀린다고 했다. 그는 여직원에게 비난 투의 말을 해 주고 나왔다.

그가 마을을 벗어나 해수욕장을 지나고 있을 때, 순경 두 사람이 자전거를 타고 그에게로 오는 것이 보였다. '망토다!' 하고 그가 생각했다. 그의 앞에 왔을 때, 그들은 정말 망토를 걸치고 있었다. 그들은 자전거에서 내려서도 쇔쇠에서 발을 풀지 않았다. 그 모습이 마치 자동 주악기가 달린 음악 시계 같다는 생각이 들었다. 모든 것이 마치 그가 이미 한번 본 것 같다는 생각도 들었다. 그는 수영장으로 나가는 울타리 문을 통과할 수 없었다. 문은 닫혀 있었다. "수영장이 폐쇄된 모양이군." 하고 블로흐는 말했다.

친절하게 말하고 있던 순경들은 무언가 전혀 다르게 이야기하는 것같이 여겨졌다. 그들은 '가시오(Geh weg)'나 '명심하시오(beherzigen)' 같은 단어들을 의도적으로 틀리게 '인도(人道, Gehweg)'나 '베허 씨네 염소(Becher-Ziegen)'로 표현했고, 마찬

가지로 '정당함을 증명하다(rechtfertigen)'란 단어를 '제때에 준비된(zur rechten Zeit fertig)'으로, '신분을 증명하다(ausweisen)'란 단어를 '하얗게 칠하다(ausweißen)'로 의도적으로 잘못 말했던 것이다. 농부 베허 씨의 염소들이 아직 개장이 안 된 수영장으로 밀고 들어가 모든 것을, 심지어 수영장 커피숍의 벽마저도 더럽혀 놓아서 공간을 다시 하얗게 칠하는 바람에 수영장이 제때에 완성되지 못했다는 이야기를 순경들이 그에게 하는 데는 도대체 무슨 뜻이 있는 걸까? 그런 까닭에 문을 닫아 놓았으니 인도에 서 있으란 말인가? 순경들이 떠나면서 일상적인 인사말도 하지 않은 것은 그를 조롱하려고 그랬거나 아니면 무엇인가를 말하고자 하는 암시 같기도 했다. 그들은 자전거를 타고 가면서 한 번도 어깨 너머로 뒤를 돌아보지도 않았다. 그는 아무것도 숨기는 것이 없다는 것을 보이기 위해, 울타리 옆에 서서 텅 빈 수영장을 들여다보았다. '열린 장 쪽으로 가서 무엇인가를 집어내 오려는 사람 같군.' 하고 블로흐는 생각했다. 자기가 수영장에서 무얼 하려고 했는지 더 이상 생각이 나질 않았다. 날은 어두워지고 있었다. 외곽 지역에 있는 공영주택의 문패에는 벌써 불이 켜져 있었다. 블로흐는 국경 마을로 되돌아왔다. 그는 두 아가씨가 자기 옆을 지나 정거장으로 달려가는 것을 보고 그녀들을 불렀다. 그녀들은 뛰어가면서 뒤를 돌아보고 무어라고 대꾸했다. 블로흐는 시장기를 느꼈다. 그는 여관에 돌아와 식사를 했다. 옆방에서는 텔레비전 소리가 들렸다. 식사 후 술잔을 들고 그 방으로 가서 프로그램 마지막에 화면 조정용 영상이 나올 때까지 앉아 있었다. 그는 열쇠를 받아 들고 자기 방으로 올라갔다. 비몽사몽간에 그는 밖에서 자동차 한 대가 불을 끈 채 달리는 소리를 들었다고 믿었다. 왜 불을 끈 자동차 생각이 났는지 스스로에게 물어보았지만 소용없는 일이었다. 그러는 사이 그는 잠이 들었다.

블로흐는 밖에서 쓰레기차에 쓰레기통을 기울여 부으면서 나는, 쿵쾅하는 거친 소리 때문에 잠이 깼다. 그러나 그가 밖을 내다보았을 때, 쓰레기차는 보이지 않았고 막 출발하는 버스의 뒷문이 닫히는 것과 저만큼 낙농업 제품들을 쌓아 두는 플랫폼에 우유 통들이 세워져 있는 것이 보였다. 이런 시골에 쓰레기차가 있을 리 없었다. 착각이 또 시작되었다.

블로흐는 문가에서 팔에 수건 한 묶음을 얹고 그 위로 회중전등을 든 아가씨를 보았다. 그가 아는 체를 하기도 전에 그녀는 복도로 나가 버렸다. 그녀는 문에 대고 잠을 깨워 미안하다고 했지만, 블로흐도 동시에 그녀에게 무슨 말인가를 하고 있었기 때문에 그녀의 말을 알아듣지 못했다. 그는 그녀의 뒤를 따라 복도로 나갔지만, 그녀는 다른 방에 들어가고 없었다. 블로흐는 자기 방으로 다시 돌아와 열쇠를 분명히 두 번 돌려서 문을 잠갔다. 나중에 그는 방 몇 개를 지나 아가씨를 뒤쫓아 가서 자기가 아까 착각을 했다고 설명했다. 수건을 세면대 위에 놓고 있던 아가씨가 "네, 저도 착각했어요." 하고 대답했는데, 그녀는 이곳에서 멀리 떨어진 복도 끝 계단에 서 있는 버스 운전사를 그와 혼동하고, 그가 이미 방에서 나갔다고 생각해서 그의 방에 들어왔다는 것이다. 열린 문 앞에 서서 듣고 있던 블로흐는 자기가 한 말은 그런 뜻이 아니라고 했다. 그러나 그때 그녀는 수돗물을 틀어 놓고 있었기 때문에 알아듣지 못해서 무슨 말을 했느냐고 다시 물었다. 그 말에 블로흐는 방에 너무 많은 장과 함과 서랍장들이 있다고 했다. 아가씨는 그렇다고 대답하고 이어서 여관에 종업원이 너무 적다며 아까 자기가 착각했던 것도 피곤해서 생긴 일이라고 했다. 블로흐는 장 이야기를 한 것은 그런 뜻이 아니고 방에서 마음대로 움직일 수가 없다는 뜻이라고 대답했다. 아가씨는 그것이 무슨 말이냐고 물었다. 블로흐는 대답하지 않았다. 그녀는 방에 어질러진 수건들을 주워 모으면서 그의 침묵을 해석하려 했고, 블로흐는 그녀가 어질러진 수건들을 주워 모으는 것을 자신의 침묵에 대한 대응으로 받아들였다. 그녀는 수건을 바구니에 던져 넣었다. 블로흐는 그녀가 커튼을 열려는 줄 알고 대답하지 않고 재빨리 어두운 복도로 나왔다. "그런 뜻은 아니었는데!" 하고 그녀는 말했다. 그녀는 그를 따라 복도로 나왔다. 그러나 그 다음 그녀가 수건들을 나머지 방에 분리해서 정돈하는 동안에는 블로흐가 그녀를 따라다녔다. 복도 모퉁이에서 그들은 각 방에서 가져다 모아 놓은 침대 시트 더미와 마주쳤다. 블로흐는 옆으로 피했지만, 그녀의 비누 상자 하나가 시트 더미에 떨어졌다. 블로흐가 그녀에게 집에 돌아갈 때 회중전등을 사용하는지 물었다. 그녀는 얼굴을 붉히며 남자 친구가 있다고 대답했다. 블로흐가 이 여관에 이중문을 가진 방이 있느냐고 묻자, 그녀는 "내 남자 친구가 목수예요." 하고 대답했다. 블로흐는 영화에서 호텔에 든 도둑이 이중문 사이에 감금되어 있는 것을 본 적이 있다고 말했다. "우리 여관에서는 한 번도 물건을 도둑맞은 적이 없어요." 하고 그녀가 말했다.

아래층 객실에서 블로흐는 죽은 여자 매표원 곁에서 5센트짜리 미국 동전이 발견되었다는 신문 기사를 읽었다. 매표원 친구들은 그녀가 미국 군인과 같이 있는 걸 한 번도 본 적이 없다고 말하고 있었다. 미국 관광객들이 이 지역에 오는 계절도 아니었다. 그 밖에도 대화 도중 틈틈이 끼적거린 것 같은 글씨가 신문 가장자리 여백에서 발견되었다고 했다. 그 글씨는 매표원이 쓴 것이 아니었다. 어쩌면 그 글씨가 방문자에 대한 단서가 될 수 있을 듯해 조사 중이라고 했다.

여관 주인이 식탁 앞으로 오더니 그에게 숙박 신고서를 건넸다. 그 신고서는 블로흐 방에 이미 있던 것이었다. 그는 그곳에 필요 사항을 모두 적었다. 주인은 좀 떨어진 곳에 서서 그를 보고 있었다. 밖의 목재소에서는 마침 전기톱으로 재목을 자르고 있었다. 블로흐는 마치 금지된 소리를 듣는 것 같았다.

숙박 신고서를 가지고 카운터 뒤로 갈 줄 알았던 주인은 그걸 가지고 옆방으로 가서 자기 어머니와 무슨 이야기를 했다. 문을 열어 놓은 채 이야기를 하다가 밖으로 나오는 대신 말을 몇 마디 더 하고는 마침내 문을 닫았다. 주인 대신 그의 어머니가 방에서 나왔다. 주인은 따라 나오지 않고 방에 머물면서 커튼을 열어젖히고, 텔레비전은 끄고, 선풍기를 켰다.

다른 쪽에서 아가씨가 청소기를 가지고 방으로 들어왔다. 블로흐는 그녀가 당연히 그걸 가지고 밖으로 나갈 줄 알았는데, 그 자리에서 콘센트에 플러그를 끼우고 의자와 식탁 밑을 이리저리 청소하기 시작했다. 그 다음 주인이 커튼을 다시 치고, 노파도 방으로 되돌아왔다. 마침내 주인이 선풍기를 껐을 때, 블로흐는 모든 것이 정리되었다고 생각했다.

그는 주인에게 이 지역에서 많은 신문들이 구독되는지를 물었다. 주간 신문들과 화보들이 전부라고 주인이 대답했다. 이미 밖으로 나가면서 질문을 했던 블로흐는 팔꿈치로 손잡이를 누른 채 손잡이와 문 사이에 팔을 밀어 넣고 있었다. "나오세요!" 하고 아가씨가 그의 뒤에서 소리쳤다. 그러나 블로흐는 주인이 그녀에게 하는 질문과 그에 대한 그녀의 대답에 귀를 기울이고 있었다.

그는 엽서 몇 장을 썼지만, 금방 부치지는 않았다. 나중에 그가 마을을 벗어나 어느 울타리에 설치된 우편함에 엽서를 넣으려고 했을 때, 우편함에는 내일 꺼내 간다는 표시가 붙어 있었다. 이전에 남아메리카를 도는 순회 경기에서 그의 팀은 가는 곳마다 모든 선수들이 그림엽서에 사인을 써 넣어서 신문사에 보내야 했는데, 그 이후부터 어느 곳에 가기만 하면 엽서를 쓰는 것이 그의 습관이 되었다.

한 무리의 학생들이 노래를 부르며 지나갔다. 블로흐는 엽서를 던져 넣었다. 텅 빈 우체통에 엽서들이 떨어지면 보통은 소리가 울리지만, 이 우편함은 너무 작아서 아무런 소리도 들리지 않았다. 블로흐는 엽서를 넣고 곧 그곳을 떠났다.

그는 한동안 들판을 가로질러서 걸어갔다. 마치 비에 젖은 무거운 공이 머리에 떨어진 것 같았던 기분이 좀 진정되었다. 국경 가까이 산림지대가 펼쳐지고 있었다. 숲을 벌채해서 만든 길 저쪽으로 첫 번째 초소가 보이자 그는 발길을 돌렸다. 그는 숲 가장자리에 있는 나무 등걸에 가서 앉았다가 곧 다시 일어섰다. 그러다 다시 앉아 자신이 가진 돈을 헤아렸다. 그는 앞을 바라보았다. 주변 경치가 아치형으로 그를 둘러싸고 있어서 마치 그를 억압하고 있는 것 같았다. 그는 여기 숲 가장자리에 있었고, 저쪽에는 조그만 변전소, 우유 가게, 초원 그리고 두어 명의 사람이 있었다. 이 사람들 입장에서 보면 그는 서쪽 숲 가장자리에 있었다. 그는 자신의 존재를 잊을 때까지 조용히 앉아 있었다. 잠시 후 개를 끌고 초원을 걸어오고 있는 두 사람이 순경이라는 것을 알았다.

나무딸기 덤불 아래서 블로흐는 팽개쳐진 아동용 자전거를 한 대 발견했다. 그는 그것을 일으켜 세웠다. 안장이 너무 높게 부착되어 있어서 어른이 타도 될 정도였다. 바퀴에는 나무딸기 가시가 박혀 있었지만 그것 때문에 바람이 빠지지는 않았다. 바퀴살에는 소나무 가지가 걸려 있어서, 자전거를 움직이지 못하게 하고 있었다. 블로흐는 나뭇가지를 뽑아냈다. 그다음 그는 멀리서도 햇빛이 헤드라이트 차양에 반사되면 순경들이 볼 수 있으리라 생각하고 자전거를 다시 쓰러뜨려 놓았다. 그러나 순경들은 이미 개를 끌고 멀리 가고 있었다.

블로흐는 비탈을 내려오고 있는 사람들을 쳐다보았다. 개의 목걸이 증명서와 무전기가 반짝이고 있었다. 혹 그 반짝임도 무엇인가를 알리고 있는 게 아닐까? 혹 점멸(點滅) 신호가 아닐까? 그러나 점차 이러한 의미는 사라졌다. 도로의 방향이 바뀔 때 멀리서 나타난 자동차 헤드라이트 불빛이 반짝였고, 블로흐 옆에서는 휴대용 손거울의 파편이, 길에서는 운모(雲母) 조각이 반짝이고 있었다. 블로흐가 자전거를 타자, 바퀴 아래에 있던 자갈이 옆으로 미끄러졌다.

그는 자전거를 타고 짧은 거리를 가서 변전소 옆에 세워 놓고 계속 걸어갔다.

그는 우유 가게에서 클립에 끼워 붙여 놓은 영화 광고를 읽었다. 그 아래 있는 다른 광고들은 찢겨 있었다. 블로흐는 계속

걸어가다가 어떤 농가의 마당에서 딸꾹질하며 서 있는 사내아
이를 보았다. 과수원에서는 벌들이 날아다니고 있었다. 길가에
서 있는 십자가 곁에는 통조림 깡통에 담아 놓은 시든 꽃이 있
었다. 길 옆 잔디에는 빈 담뱃갑이 버려져 있었다. 그는 닫힌 창
문들 옆으로 덧문들의 문고리가 달려 있는 것을 보았다. 그가
열린 창가를 지날 때, 무언가 썩은 냄새가 풍겼다. 여인숙 주인
이 어저께 건너편 집에서 누군가가 죽었다고 그에게 말했다.

블로흐가 부엌에 있는 여주인 헤르타에게 가려고 했을 때,
그녀는 그가 있는 문 안으로 들어와서 그를 지나쳐 객실로 걸
어갔다. 블로흐는 그녀를 앞질러 구석에 있는 식탁으로 갔다.
블로흐가 말하려고 했을 때, 그녀가 먼저 말을 걸었다. 블로흐
는 그녀에게 여종업원이 건강 신발을 신고 있다고 알려 주려
했는데, 여주인이 아동용 자전거를 끌고 거리를 지나가는 순경
을 가리키며 "저것은 벙어리 학생 자전거예요!" 하고 먼저 말
했던 것이다.

여종업원은 화보 잡지를 들고 그곳으로 갔다. 모두들 밖을
바라보았다. 블로흐는 샘 파는 사람이 다시 찾아 왔느냐고 물
었다. 여주인은 그 말을 '귀환 신고를 하다(zurückgemeldet)'란
말로 이해하고 군인들에 관해서 말하기 시작했다. 그러나 블로
흐는 단순히 '되돌아오다(zurückgekommen)'란 뜻으로 말했던
것이다. 그리고 여주인은 벙어리 학생에 관해 말했다. 여종업원
은 "도와 달라는 소리조차 외쳐 보지 못했어요!"라고 했는데,
자신의 말이라기보다는 화보 잡지의 사진 설명을 읽은 것이었
다. 여주인은 어떤 영화에서 케이크용 반죽에 구두못이 들어
있는 장면을 보았다고 했다. 블로흐는 감시탑의 보초들이 쌍

안경을 가지고 있는지 물었다. 하여튼 저쪽 위에서 무엇인가가 반짝거렸다. "감시탑은 여기서 절대 볼 수 없어요!" 하고 두 여자 중 하나가 대답했다. 블로흐는 여자들이 빵을 구우면서 얼굴에, 특히 눈썹과 앞머리에 밀가루를 묻힌 것을 보았다.

그는 마당으로 나왔다. 그러나 아무도 따라 나오지 않자 다시 들어갔다. 그는 뮤직 박스 쪽으로 가서 그 옆에 앉았다. 계산대 뒤에 앉아 있던 여종업원이 유리잔을 깨뜨렸다. 그 소리를 듣고 여주인이 부엌에서 나와, 여종업원은 쳐다보지도 않고 그를 보았다. 블로흐는 뮤직 박스 뒤에서 볼륨을 낮췄다. 그런 다음 여주인이 아직 문가에 서 있자, 볼륨을 더 높였다. 여주인은 방을 나가려는 것처럼 그의 앞으로 객실을 지나갔다. 블로흐는 그녀에게 건물주, 즉 소유주에게 임대료를 얼마나 내는지 물었다. 그 질문을 듣고 헤르타는 가던 걸 멈추었다. 여종업원은 깨진 유리 조각을 삽에다 담고 있었다. 블로흐는 헤르타에게로 갔는데 그녀는 그의 곁을 지나 부엌으로 들어갔다. 블로흐는 그녀 뒤를 따라갔다.

두 번째 의자 위에 고양이 한 마리가 이미 앉아 있어서, 그는 헤르타 곁에 가서 섰다. 그녀는 소유주의 아들이 자신의 남자 친구라고 했다. 블로흐는 창가에 서서 그 남자 친구에 대해 캐물었다. 그녀는 건물주의 아들이 하는 일을 설명해 주었다. 묻지도 않았는데 계속 이야기를 했다. 그는 화덕 주변에서 두 번째로 놓인 조림용 유리병을 보았다. 이따금 그는 "그래요?" 하고 대꾸했다. 문틀에 걸어 놓은 작업복 바지에서 그는 두 번째 센티미터 자를 보았다. 그는 그녀의 말을 중단시키고, 어떤 숫자부터 세기 시작하느냐고 물었다. 그녀는 말을 멈췄고 심지어 사과의 씨 부분을 발라내는 것도 중단했다. 블로흐는 얼마 전부터 수를 셀 때 2부터 시작하는 버릇을 갖게 되었다고 했다. 예를 들면 오늘 아침 길을 횡단할 때 두 번째 자동차가 올 때까지 시간이 충분하리라 생각하면서 건너다가 차에 치일 뻔했다고 했다. 첫 번째 차는 생각하지도 않았던 것이다. 여주인은 별 의미 없이 습관적으로 대꾸했다.

블로흐가 뒤로 가서 의자를 들어 올리자, 앉아 있던 고양이가 뛰어내렸다. 그는 거기 앉아서 의자로 식탁을 밀었다. 그러면서 뒤에 있던 정리용 탁자까지 밀리는 바람에 맥주병 하나가 떨어져서 부엌 소파 밑으로 굴러갔다. 왜 그가 계속 그렇게 앉았다가, 일어섰다가, 갔다가, 빈둥빈둥 서 있다가, 되돌아오고 그러는지 여주인이 물었다. 그가 그녀를 그런 식으로 조롱하는 것인지……. 블로흐는 대답 대신 사과 껍질을 모아 놓은 신문에서 재담을 하나 읽어 주었다. 신문은 그의 편에서 보면 거꾸로 놓여 있어서 그가 더듬더듬 힘들게 읽었기 때문에 여주인은 몸을 앞으로 구부려 그에게서 신문을 빼앗아 버렸다. 밖에서 여종업원이 웃고 있었다. 안쪽 침실에서 무엇인가가 바닥에 떨어졌다. 그러고는 조용해졌다. 조금 전까지 아무 소리도 듣지 못했던 블로흐는 확인해 보고 싶었다. 그러나 여주인은 어린아이가 잠을 깬 것이라고 설명해 주었다. "어린애는 침대에서 일어나 곧 밖으로 나와서 과자를 달라고 할지도 모르죠." 그러나 블로흐는 실제로 흐느낌 같은 소리를 들었다. 어린애가 자다가 침대에서 떨어져 침대 옆 바닥에 어리둥절해서 앉아 있는 것이 분명했다. 부엌으로 나온 어린애는 베개 밑에 파리가 있다고 했다. 여주인은 블로흐에게 이웃집 아이들이 그들 집에 일어난 초상 때문에 장례식을 치를 때까지 여기서 지내는데, 유리병 마개를 묶었던 고무 밴드로 파리를 쏘아 바닥에 떨어지면 저녁에 배게 밑에 넣어 두는 버릇이 있다고 설명을 해 주었다.

어린애는 몇 가지 관심 끄는 물건을 손에 쥐고서 — 첫 번째 것들은 떨어뜨렸다. — 점차 안정을 되찾았다. 블로흐는 여종업원이 오목하게 손바닥을 오므린 채 침실에서 나와 파리를 쓰레기통에 버리는 것을 보았다. 어린애에게는 잘못이 없다고 블로흐가 말했다. 그는 이웃집 앞에 빵 배달용 차가 서 있고 운전사가 1킬로그램짜리 긴 빵 두 개를 현관 계단에 놓고 있는 것을 보았다. 위쪽은 검은 빵, 아래쪽은 흰 빵이었다. 여주인은 어린애에게 현관에 있는 빵 배달부에게 갔다 오라고 했다. 블로흐는 여종업원이 카운터에서 손 씻는 소리를 들었다. 블로흐가 요즘 자주 변명을 하는 것 같다고 여주인이 말했다. "정말 그랬나?" 하고 블로흐가 물었다. 밖에 나갔던 어린애가 빵 두 개를 들고 들어왔다. 블로흐는 여종업원이 두 손을 앞치마에 닦으면서 손님에게 가는 것을 보았다. "뭘 마시겠어요?" "누구 말이오? 지금은 마시고 싶지 않소." 하고 손님이 대답했다. 어린애는 객실로 가는 문을 닫았다.

"이제 우리 둘뿐이군요." 하고 헤르타가 말했다. 블로흐는 창가에 서서 이웃집을 바라보고 있는 어린애를 쳐다보았다. "저 애를 세지 않았네." 하고 그녀가 말했다. 블로흐는 그것이 얘기하고 싶다는 신호임을 파악했고 무슨 뜻으로 그 말을 하는지 알아차렸다. 블로흐도 이야기를 시작할 수 있었다. 그러나 아무것도 떠오르지 않았다. 그는 무엇인가 외설적인 말을 했다. 그녀는 어린애를 밖으로 내보냈다. 그는 손을 그녀 곁에 놓았다. 그녀가 조용히 다가왔다. 그는 그녀를 거칠게 팔로 껴안았다가 곧 다시 놓아 주었다. 그는 바깥 길에서 집 벽의 회칠을 지푸라기로 파고 있는 어린애를 보았다.

그는 열린 창을 통해 이웃집 안을 들여다보았다. 받침대 위로 망자가 보였고, 그 옆에는 관이 있었다. 한 여자가 구석에 있는 의자에 앉아 잔에 담긴 포도즙에 빵을 적셔서 먹고 있었다. 식탁 뒤에 있는 긴 의자에는 젊은이가 누워서 자고 있었다. 그의 배 위에는 고양이가 한 마리 웅크리고 있었다.

블로흐가 그 집에 들어갔을 때, 마루에서 나무토막을 밟고 거의 미끄러질 뻔했다. 농부의 부인이 그를 맞아 주었고, 그는 안으로 들어가 함께 이야기를 나눴다. 젊은이는 일어나 앉았지만, 말은 하지 않았다. 고양이는 밖으로 달려 나가 버렸다. "저 애가 밤새 자리를 지켰답니다!" 하고 부인이 말했다. 아침에 그녀는 아들이 상당히 취해 있는 걸 알았다고 했다. 그녀는 망자에게로 몸을 돌려 기도를 했다. 그러는 사이사이 그녀가 꽃의 물을 바꾸어 주었다. "아주 순식간에 일어난 일이에요." 하고 부인이 말했다. "우리는 아이를 깨워서 빨리 읍에 갔다 오라고 시켰어요." 그러나 아이는 무슨 일이 일어났는지 신부님에게 정확하게 말할 수 없었고, 그래서 종도 울리지 않았다고 했다. 블로흐는 방이 따뜻해지는 것을 느꼈다. 잠시 후 난로 속에서 나무토막들이 한꺼번에 내려앉는 소리가 났다. "나무 좀 더 가져와!" 하고 부인이 말했다. 아들이 나무토막 몇 개씩을 양손에 들고 와서 난로 곁에 떨어뜨리자 먼지가 일었다.

그는 식탁 뒤에 앉았고, 부인은 나무토막을 난로 안으로 던져 넣었다. 그녀가 "우리 집 어린애 하나가 호박에 맞아 죽었어요." 하고 말했다. 창문 앞으로 늙은 부인 둘이 지나가면서 안에다 인사를 했다. 블로흐는 창문턱에서 검은 손지갑을 보았다. 지갑 속에 들어 있는 종이를 아직도 꺼내지 않은 걸로 봐서 산 지 얼마 안 되는 새것 같았다. "그 애는 갑자기 코로 거친 소리를 내더니 죽어 버렸어요." 하고 부인이 말했다.

건너편으로 여인숙이 보였다. 태양이 그 안을 깊게 비추고 있어서, 실내의 아랫부분, 특히 새로 왁스를 칠한 마룻바닥 그리고 의자 다리들, 식탁들, 사람들의 상체 등이 선명하게 보였다. 부엌에서는 건물 소유주의 아들을 볼 수 있었다. 그는 가슴께에 팔짱을 낀 채 문에 기대서서 식탁에 앉아 있는 여주인과 좀 떨어져서 이야기를 나누고 있었다. 태양이 지면서 점점 어두워지자, 블로흐에게 이 풍경은 어둡고 멀게 느껴졌다. 그는 시선을 돌릴 수가 없었다. 길에서 이리저리 뛰어놀던 아이들도 그에게 아무런 감흥을 주지 못했다. 어린애 하나가 꽃다발을 가지고 안으로 들어왔다. 농부의 부인은 그 꽃다발을 잔에다 꽂아 관 받침대의 발치에 놓았다. 어린애는 잠시 서 있다가 부인이 동전 한 닢을 주자 밖으로 나갔다.

블로흐는 누군가가 마룻바닥을 부수는 것 같은 소리를 들었다. 그러나 그것은 난로 속에서 나무토막들이 한꺼번에 무너지는 소리였다. 블로흐가 부인과의 대화를 끝내자, 아들은 긴 의자에 누워 다시 잠이 들었다. 잠시 후 여자들이 몇 사람 와서 로사리오의 기도*를 시작했다. 누군가가 식료품 가게 앞에

---

*가톨릭에서 묵주를 가지고 드리는 기도.

있는 검은 칠판의 글씨를 지우고 오렌지, 캐러멜, 정어리라고 다시 써 놓았다. 안에서는 조용히 이야기를 하고 있었고, 밖에서는 아이들이 시끄럽게 떠들고 있었다. 박쥐 한 마리가 커튼 속으로 날아 들어왔다. 시끄러운 소리에 놀란 젊은이가 잠에서 깨 잽싸게 쫓아갔지만 박쥐는 벌써 밖으로 날아가 버렸다.

날은 어두워졌지만 불을 켜는 사람은 아무도 없었다. 단지 건너편 여인숙만이 뮤직 박스를 켜 놓고 있어 약간 밝았다. 그러나 음반은 올려놓지 않았다. 옆의 부엌은 이미 깜깜했다. 블로흐는 저녁 초대를 받아서 다른 사람들과 함께 식탁에 앉아 식사를 했다.

창문이 닫혀 있는데도 방에는 모기들이 날아다녔다. 아이가 맥주잔의 종이 받침을 가지러 바(bar)로 갔다. 잔에 모기들이 빠지지 않게 종이 받침으로 잔을 덮어 놓기 위해서였다. 어떤 부인이 목걸이에 달려 있던 패물이 없어졌다고 해서 모두가 찾기 시작했다. 블로흐는 식탁에 그대로 앉아 있었다. 잠시 후 잃어버린 물건의 발견자가 되고 싶다는 욕망이 생긴 그는 다른 사람들과 함께 물건을 찾기 시작했다. 패물을 방에서 발견하지 못하자 바깥 복도까지 나가서 계속 찾았다. 그러는 중에 세워져 있던 삽 하나가 걸려서 쓰러졌다. 정확히 말하자면 완전히 쓰러지기 전에 블로흐가 그것을 붙잡아 다시 세워 놓았다. 아들은 손전등, 부인은 석유램프를 가지고 찾았다. 블로흐는 손전등을 빌려서 거리로 나갔다. 그는 허리를 구부리고 자갈길을 걸어갔다. 따라오는 사람은 아무도 없었다. 그는 집안 복도에서 패물을 찾았다고 외치는 소리를 들었다. 블로흐는 그것을 믿고 싶지 않아서 계속 찾았다. 창문 뒤에서 다시 기도하는 소리가 들려왔다.

다시 읍으로 돌아온 블로흐는 카페에 앉아 카드놀이 하는 것을 구경했다. 그는 자기 앞에서 카드놀이 하던 사람과 다투기 시작했다. 그의 동료가 블로흐에게 꺼지라고 윽박질렀다. 블로흐는 뒷방으로 갔다. 그곳에서는 슬라이드를 가지고 보고회를 하고 있었다. 블로흐는 잠시 구경했다. 그것은 동남아시아 지역 교단의 병원에 대한 보고회였다. 도중에 큰 소리로 말을 했던 블로흐는 다른 사람들과 또 다툼을 벌였다. 그는 돌아서서 밖으로 나왔다.

그는 뒤돌아 들어가야 할지 곰곰이 생각했으나, 들어가서 무슨 말을 해야 할지 떠오르지 않았다. 그는 두 번째 카페에 들어갔다. 그곳에서 그는 환풍기를 끄자고 했다. 조명이 너무 흐리다고도 했다. 여종업원이 그의 곁에 앉았을 때, 그는 곧 그녀의 어깨 위에 팔을 얹을 것처럼 행동했다. 그녀는 그가 하려는 행동을 알아차리고, 미리 몸을 피했다. 그는 실제로 여종업원에게 팔을 뻗으면서 자신의 행동에 다른 뜻은 없었노라고 변명하려 했지만, 그녀가 이미 자리에서 일어서 버린 후였다. 블로흐도 일어서려고 했을 때, 그녀는 가 버렸다. 블로흐는 뒤따라갈 수도 있었지만, 너무하는 것 같아서 카페를 나와 버렸다.

여관방에서 그는 먼동이 트기 직전에 잠이 깼다. 갑자기 주변의 모든 것을 견디기가 어려웠다. 잠이 깨서 그런 건지, 아니면 먼동이 트기 직전 특정 시간에 갑자기 모든 것이 참을 수 없게 되는 것인지 알 수가 없었다. 그가 누워 있는 매트리스는 푹 꺼져 있었고 옷장과 서랍장은 침대에서 멀리 떨어진 벽 앞에 있었다. 천장은 참을 수 없을 만큼 너무 높았다. 밖의 복도,

특히 밖의 길거리는 너무나 조용해 어둑한 방안에서 견디기가 힘들었다. 심한 구역질이 났다. 그는 즉시 세면기에다 토했다. 한동안 그렇게 토했지만 가라앉지 않았다. 그는 다시 침대에 누웠다. 어지럽지는 않았다.

그는 안정된 평상심을 가지고 모든 것을 바라보았다. 창가에서 허리를 굽히고 거리를 내다보는 것은 아무런 도움이 되지 않았다. 세워 둔 자동차 위에 덮개가 여유롭게 덮여 있었다. 방안 벽에는 수도관 두 개가 있었다. 이 두 개의 관은, 위로는 천장까지, 밑으로는 바닥까지 평행으로 뻗어 있었다. 그가 본 모든 것은 최악의 방식으로 구분되어 있었다. 구역질은 멈추지 않고 그를 괴롭혔다. 마치 끝을 가지고 그가 보았던 것들로부터 그를 파내는 듯했고, 그래서 주변 사물들, 즉 옷장, 세면대, 여행 가방, 문을 그와 떼어 놓으려는 듯 여겨졌다. 그는 이제야 비로소, 마치 강제로 하는 것처럼, 모든 대상에 대한 단어를 생각하게 되었다. 대상을 보면 단어가 떠오른다. 의자, 옷걸이, 열쇠. 이전에는 그의 생각을 딴 데로 돌릴 수 없을 정도로 모든 것이 너무 조용했다. 한편으로는 주위가 너무 밝아서 대상들을 잘 볼 수 있었고, 다른 한편으로는 그의 생각을 딴 데로 돌리기에는 주변이 너무 조용해서 그는 대상들을 마치 광고물 그 자체인 양 바라보기도 했다. 실제로 구토감은 그가 가끔 잠이 들 때까지 어떤 광고문이나 유행가 혹은 애국가를 따라하거나 흥얼댈 때 느꼈던 구토감과 비슷했다. 그는 딸꾹질이 나올 때처럼 숨을 멈춰 보았다. 그러나 숨을 들이마시자 처음과 똑같았다. 그는 다시 숨을 멈추어 보았다. 얼마 지나자 효과가 나타났다. 그는 잠이 들었다.

다음 날 아침이 되자, 그는 그 모든 것을 더 이상 생각할 수가 없었다. 여관은 벌써 청소가 되어 있었다. 세무 직원 한 사람이 집기들 사이를 돌아다니며 주인에게 물건 값을 물어보았다. 주인은 그에게 커피 끓이는 기구와 식료품 냉동기의 계산서를 보여 주었다. 두 사람이 가격에 대해 이야기하는 것을 보자 블로흐는 어젯밤 자신의 상태가 대단히 우스꽝스럽게 생각되었다. 그는 신문들을 대충 훑어보고 나서 옆으로 밀어 놓고, 세무 직원이 주인과 냉장고 가격을 놓고 큰 소리로 승강이하는 말에 귀를 기울였다. 주인의 어머니와 일하는 아가씨까지 끼어들어 모두가 시끄럽게 떠들어 댔다. 블로흐도 끼어들어 여관에서 방 하나를 꾸미는 데 얼마나 드느냐고 물었다. 주인은 주변에 살다가 이곳을 떠나거나 이사를 가는 농부들의 가구를 아주 싸게 샀다며 블로흐에게 가격을 말해 주었다. 블로흐는 개별 비품들의 가격을 알고 싶다고 했다. 주인은 아가씨에게 방의 비품 목록을 가져오게 해서 그가 과거에 각각의 비품을 살 때 든 가격과 함이나 옷장을 팔 때 받을 수 있는 가격을 말해 주었다. 지금까지 메모를 하고 있던 세무 직원은 쓰는 것을 그만두고 아가씨에게 포도주 한 잔을 주문했다. 블로흐는 만족해서 나가려고 했다. 세무 직원은 자신이 어떤 물건, 예를 들어 세탁기 같은 물건을 보면 즉시 가격부터 묻는다고 했다. 그가 물건을, 예를 들어 같은 종류의 세탁기를 다시 보게 되면 그는 특징 같은 것을 다시 보는 게 아니라, 다시 말해 세탁 프로그램 버튼을 눌러 보는 게 아니라, 처음 그 물건을 봤을 때 가격이 얼마였는지를 언제나 생각해 보려 한다고 했다. 그렇게 가격을 정확하게 기억해서 모든 대상을 그런 방식으로 다시 알아본다고 했다. "가격이 없는 대상이라면?" 하고 블로흐가 물었다. 거래 가치가 없는 대상이라면, 적어도 직업상 전혀 관심이 없다고 세무 직원은 대답했다.

벙어리 학생은 아직도 발견되지 않았다. 자전거를 확보하고 주변을 샅샅이 수색했지만 경찰이면 누구라도 발견할 수 있는 어떠한 단서도 찾을 수가 없었다. 블로흐가 들어간 이발소 칸막이 뒤에서 헤어드라이어 소리가 너무 크게 나서 밖에서는 아무 소리도 들을 수 없었다. 그는 목덜미에 난 털 면도를 주문했다. 다 끝내고 이발사가 손을 씻는 동안, 일하는 아가씨가 블로흐의 옷깃을 솔로 털어 주었다. 헤어드라이어를 끄고 나니 칸막이 뒤에서 신문지 넘기는 소리가 들렸다. 그때 쾅 하는 소리가 났다. 칸막이 뒤에서 파마할 때 쓰는 원통형 플라스틱이 양철 주발에 떨어지는 소리였다.

블로흐는 종업원 아가씨에게 점심시간마다 집에 갔다 오는 것이냐고 물었다. 아가씨는 이곳에 살고 있지 않아서 매일 아침 기차로 출근하기 때문에 점심때는 카페에 앉아 있거나 아니면 동료와 함께 가게에서 시간을 보낸다고 했다. 블로흐는 매일 왕복표를 사느냐고 물었다. 아가씨는 주간 정기권을 이용한다고 했다. "주간 정기권은 얼마나 해요?" 하고 블로흐가 물었다. 그러면서 아가씨가 대답하기 전에, 그것은 자기와 아무런 관계가 없는 일이라고 덧붙였다. 그래도 아가씨는 값을 말해 주었다. 칸막이 뒤에서 다른 여종업원이 말했다. "아무런 관계가 없는데 왜 물어보세요?" 블로흐는 일어서서 거스름돈을 기다리며 거울 옆에 걸린 가격표를 읽어 보고 밖으로 나왔다.

그에게는 무엇보다도 가격을 알고 싶어 하는 특이한 버릇이 있었다. 어떤 식료품 가게의 유리창에 새로 들어온 물건들의 품목과 가격이 흰색으로 적혀 있는 것을 보고 그는 마음이 편안해졌다. 가게 앞에 있는 과일 진열대의 가격표는 넘어져 있었다. 그는 그것을 바로 세웠다. 그 움직임 때문에 누군가가 안에서 나와 그에게 무엇을 살 거냐고 물었다. 다른 가게에는 흔들이 안락의자에 긴 옷이 멋스럽게 걸려 있었다. 핀으로 꽂아 놓은 가격 쪽지는 의자 위에 걸린 옷 옆에 놓여 있었다. 블로흐는 그것이 의자의 가격인지 아니면 옷의 가격인지 알 수가 없었다. 둘 중 하나는 분명히 비매품일 테니까! 그는 한참을 거기 서 있다가 누군가가 나와서 무엇을 원하느냐고 물어봤을 때, 이것은 둘 중 어느 가격이냐고 되물었다. 그러자 남자가 가격 쪽지를 고정시켜 놓았던 핀이 옷에서 빠져 떨어졌다고 대답했다. 흔들이 안락의자는 파는 게 아니고 개인 소유물이라고 했다. 블로흐는 궁금해서 물어보았다고 말하고 계속 걸어갔다. 남자는 그에게 같은 종류의 의자를 살 수 있는 곳을 큰 소리로 알려 주었다. 카페에서 블로흐는 뮤직 박스의 가격에 대해 물어보았다. 주인은 여기 뮤직 박스는 자기 것이 아니고 빌린 것이라고 말했다. 블로흐는 그런 뜻이 아니고 그저 가격이 어느 정도인지 알고 싶어서 그런다고 대답했다. 그러자 주인은 가격을 말해 주었고, 그는 고맙다고 했다. 그러나 확실한 가격은 아니라고 주인이 덧붙였다. 블로흐는 카페에 있는 다른 비품들에 대해서도 그 비품들은 주인 것이니 알 것이라면서 가격을 묻기 시작했다. 주인은 이런저런 이야기 끝에 수영장을 건축하는 데 비용이 엄청 들었다는 이야기를 했다. "어느 정돕니까?" 하고 블로흐가 물었다. 주인은 대답을 못했다. 블로흐는 초조해졌다. "비용이 얼마나 들었습니까?" 하고 재차 물었다. 주인은 이번에도 대답할 수 없었다. 주인은 여하튼 지난해 초에 수영장 칸막이 탈의실에서 시체가 하나 발견되었는데, 겨울 내내 그곳에 있었다고 말했다. 머리는 비닐 손가방 속에 들어 있었다고 했다. 죽은 사람은 집시였는데, 이 지방에는 정착해서 살고 있는 집시가 몇 명 있다고 했다. 나치 포로수용소에서 감금 생활을 한 것에 대한 보상금을 받아 숲 가장자리에 조그만 숙소를 지어 놓고 살고 있다는 것이다. "안은 대단히 깨끗하다고 해요." 하고 주인이 말했다. 주민들에게 수소문하면서 실종된 학생을 찾던 순경들은 집시들 숙소의 깨끗하게 닦인 마룻바닥과 잘 정돈된 방들을 보고 대단히 놀랐다고 했다. 그러나 이것이 의혹을 더욱 증폭한다고 주인은 말했다. 집시란 이유 없이 마룻바닥을 닦지 않는 법이라는 것이다. 블로흐는 그 말에 대꾸를 않고, 보상금은 숙소 건축을 위해 지원된 것이냐고 물었다. 주인은 보상금이 어느 정도였는지는 대답을 못했다. "그 당시에는 건축 자제나 노동력이 대단히 싼 편이었지요." 하고 주인이 말했다. 블로흐는 호기심에서 맥주잔 아래 붙어 있는 계산서를 한 바퀴 돌려놓았다. 그러고는 "이거 가치가 있는 겁니까?" 하고 물으며 윗옷 주머니에서 돌을 하나 꺼내 탁자에 놓았다. 주인은 돌에 손도 대지 않고 그런 돌은 이 지역 도처에 널렸다고 대답했다. 블로흐는 아무 말도 하지 않았다. 그러자 주인은 돌을 집어서 손바닥에 놓고 굴려 보다가 탁자 위에 다시 내려놓았다. 블로흐는 곧 나갈 요량으로 돌을 집어넣었다.

현관에서 이발소의 두 여종업원을 만난 블로흐는 그녀들에게 다른 주점으로 가서 한잔하자고 했다. 두 번째 아가씨가 그곳에는 뮤직 박스에 음반이 없다고 했다. 블로흐가 그게 무슨 말이냐고 물으니, 그곳 뮤직 박스에는 좋은 음반이 없다고 그녀가 말했다. 블로흐가 앞장서고, 아가씨들은 뒤따라왔다. 그들은 마실 것을 주문하고, 빵 바구니의 덮개를 열었다. 블로흐는 상체를 앞으로 숙여 이야기를 했다. 아가씨들은 그에게 신분증을 보여 주었다. 신분증 외피를 만지자, 그의 양손에서 갑자기 땀이 났다. 아가씨들은 그에게 군인이냐고 물었다. 두 번째 아가씨는 어떤 상품 판매원과 저녁 약속이 되어 있었다. 그러나 둘이서는 할 이야기가 많지 않으니 넷이서 돌아다니자고 했다. "네 사람이 만나면 한 번은 이 사람이, 또 한 번은 저 사람이 말하면서 재미있게 이야기할 수 있을 거예요." 블로흐는 어떻게 대답해야 좋을지 알 수가 없었다. 옆방의 어린애가 바닥 위로 기어올랐다. 개가 어린애 주변을 뛰어다니며 얼굴을 핥았다. 계산대 위에서 전화벨이 울렸다. 벨이 울리는 동안 블로흐는 이야기를 들을 수 없었다. 군인들은 돈이 없다고 이발소 종업원 아가씨가 말했다. 블로흐는 대답하지 않았다. 그가 아가씨들의 손을 쳐다보자, 그녀들은 머리 약 때문에 손톱이 지저분하게 되었다고 설명을 했다. "손톱에 매니큐어를 칠해도 별 도움이 안돼요. 가장자리는 늘 검은색이에요." 블로흐가 쳐다보았다. "우리는 기성복을 사 입어요." "우리는 서로 상대방 머리를 깎아 줘요." "여름에는 환할 때 집에 가게 돼요." "나는 느린 춤을 좋아해요." "우리는 집에 갈 때 농담도 하지 않아요. 말하는 것도 귀찮을 정도로 피곤해서요." 얘는 모든 것을 너무 진지하게 대하는 것 같아요, 하고 첫 번째 아가씨가 말했다. 심지어 그녀는 어저께 정거장으로 가는 도중 과수원을 지날 때 실종된 학생 때문에 조사를 당했다고 했다. 블로흐는 두 여자에게 신분증을 직접 돌려주는 대신 자기는 그것을 살펴볼 자격이 없다는 듯이 그녀들 앞 탁자 위에 놓아두었다. 그는 셀로판지에 찍힌 지문의 흔적이 사라지는 것을 바라보았다. 아가씨들이 그가 무엇을 하는 사람이냐고 물었을 때, 그는 축구 골키퍼였다고 대답했다. 그는 경기장에서 뛰는 선수보다 골키퍼가 더 적극적이라고 설명했다. "유명한 골키퍼 자모라 선수는 이제 나이가 많아요." 하고 블로흐가 말했다. 그 말에 대한 대답으로 아가씨들은 자신들이 알고 있는 축구 선수들에 관해 이야기를 했다. 또 마을에서 경기가 열리면, 상대팀의 골문 뒤로 가서 골키퍼를 놀려 성질을 돋운다고 했다. 대부분의 골키퍼들은 안짱다리라고도 했다.

블로흐는 그가 무엇인가를 언급하고 그것에 관해 이야기를 할 때마다, 두 여자가 자신들이 언급한 것과 유사한 체험 혹은 그들이 그 대상에 관해 소문으로 들어서 알고 있는 이야기를 끌어와 대답한다는 것을 깨달았다. 예를 들어 블로흐가 골키퍼로서 당했던 늑골 골절에 관해 말하면, 그녀들은 이삼 일 전에 이곳 제재소에서도 널빤지 더미가 쓰러지는 바람에 목수 한 사람이 똑같이 늑골 골절을 당했다고 대꾸했다. 그리고 블로흐가 입술이 찢어져 여러 바늘 꿰맨 적이 있다고 말하면, 그녀들은 그에 대한 대답으로서 텔레비전으로 권투 시합을 구경한 적이 있는데, 그때 권투 선수도 눈두덩이 똑같이 찢어졌다는 이야기를 했다. 또 블로흐가 점프를 하다 골대에 부딪히는 바람에 입술이 터졌다고 이야기하면, 그들은 곧장 그 벙어리 학생도 언청이라고 대답했다.

뿐만 아니라, 두 여자는 그가 모르는 사람에 관해 마치 그가 알아야 한다거나 이미 잘 알고 있다는 듯이 말했다. 마리아가 오토의 머리를 악어가죽 가방으로 때렸대. 아저씨가 지하실로 내려와서 알프레트를 마당으로 쫓아내고 이탈리아 여자 요리사를 자작나무 채찍으로 때렸대. 에두아르두가 그 아가씨를 지선(支線)에서 내리게 해서 아가씨는 한밤중에 집까지 걸어가야 했다. 그녀는 어린애가 살해된 숲을 지나갔기 때문에 발터와 칼은 그녀를 '외국인 길'에서 볼 수 없었고, 마침내 그녀는 프리드리히 씨가 선물한 무도회용 구두를 벗었대. 반대로 블로흐는 자신이 이야기한 모든 이름들에 대해 설명했다. 심지어 그가 언급한 대상들을 그녀들이 알 수 있도록 자세히 설명했다. 빅토르라는 이름이 나오면 블로흐는 '내 친구'라고 덧붙였다. 그리고 간접 프리킥에 관해 이야기할 때에는 간접 프리킥이 무엇인가 하는 것뿐만 아니라, 이발소 여종업원들이 잘 이해할 수 있도록 간접 프리킥 규칙들에 관해서도 설명을 했다. 심지어 심판이 인정한 코너킥에 대해 언급할 때 경기장에서 코너킥만이 중요한 것은 아니라고 설명하면서 마음이 좀 무거웠다. 길게 말하면 할수록 그의 말이 점점 부자연스럽게 여겨졌기 때문이다. 점차로 모든 말에 설명이 필요한 것처럼 여겨졌다. 그는 자신의 발언이 중간에 끊어지지 않도록 노력했다. 지금 말하고 있는 문장을 미리 앞서서 생각했기 때문에 몇 번은 말을 잘못하기도 했다. 그가 이발소 여종업원들의 말을 경청하는 동시에 자기가 할 말을 생각한다면, 당분간은 아무런 대답도 할 수 없을 것이다. 그들은 서로 허물없이 이야기를 주고받는 동안 주변에 대해 점점 잊어버리게 되었다. 그는 옆방에 있는 개와 어린애를 한 번도 볼 수가 없었다. 그러나 그가 더 이상 아는 것이 없어 말을 중단하고 표현 가능한 문장을 찾으려고 노력할 때, 주변이 다시 눈에 들어왔고 여기저기에서 개별적인 것들이 보였다. 그래서 그는 알프레트가 그들의 친구인지, 또 자작나무 채찍이 항상 장(欌) 위에 있는지, 프리드리히 씨는 판매원인지, 그리고 외국인 주택단지 옆을 지나는 길이라서 '외국인 길'이라고 불리는지 등등을 물었다. 여자들은 기꺼이 대답해 주었다. 차츰차츰 블로흐는, 머리 밑동은 검게 남긴 채 탈색한 머리 대신, 목에 걸린 각각의 브로치 대신, 검은색으로 물든 손톱 대신, 면도질한 눈썹 부분의 부스럼 대신, 텅 빈 카페 의자에 씌워 놓은 커버 대신, 다시 주변의 윤곽, 움직임, 목소리, 외침 그리고 사람을 전체로 인식하게 되었다. 그는 갑자기 탁자에서 쓰러지려는 손가방을 조용하고 신속하게 붙잡아 바르게 세워 놓았다. 첫 번째 여종업원이 그에게 빵 한 조각을 잘라 내밀자, 그는 아주 자연스럽게 받아서 한 입 베어 물었다.

밖에서 그는 실종된 학생을 찾기 위해 휴교 조치를 내렸다는 이야기를 들었다. 그들은 깨진 휴대용 손거울같이 실종된 학생과는 아무런 관련이 없는 물건을 몇 가지 발견했을 뿐이라고 했다. 그러나 그 휴대용 손거울을 넣어 둔 비닐 포장 위에 적힌 내용으로 보아 벙어리 학생의 물건일지도 모른다고 했다. 습득 장소 주변을 특히 신중하게 수색해 보았지만, 더 이상의 것은 발견되지 않았다고 한다. 블로흐에게 그 이야기를 해

준 순경은 사건이 일어난 날부터 집시 중 한 사람의 행방이 묘연하다는 말을 덧붙였다. 블로흐는 순경이 다른 쪽 길가에 서서 그에게 큰 소리로 이런 얘기를 해 주는 것을 의아하게 생각했다. 블로흐는 수영장을 샅샅이 수색해 보았느냐고 물었다. 수영장은 폐쇄되어서 아무도 들어갈 수 없고, 집시도 예외는 아니라고 순경이 대답했다.

마을을 벗어나자 완전히 짓밟힌 옥수수밭을 볼 수 있었다. 꺾인 줄기들 사이로 노란 호박꽃이 눈에 띄었다. 옥수수밭 가운데 그늘진 곳에서는 호박꽃들이 막 피기 시작했다. 길 여기저기에는 흩어진 옥수수 이삭들이 일부는 껍질이 벗겨져 있거나 학생들에 의해 훼손된 채 버려져 있었다. 그 옆에는 옥수수에서 잘려 나온 검은색의 수염들이 널려 있었다. 이미 블로흐는 마을에서 학생들이 버스를 기다리며 공처럼 둥글게 만든 검은색 옥수수수염 다발을 던지면서 노는 것을 보았다. 수염다발은 물기를 가득 머금고 있어서 블로흐가 작은 다발을 밟을 때마다 매번 물이 배어 나왔고, 마치 늪지대를 걷는 것처럼 질척거렸다. 갑자기 혀를 내밀고 지나가는 족제비 때문에 그는 움찔했다. 블로흐는 그 자리에 서서 길고 가느다란 진홍색 혀를 향해 구두 앞코로 겁을 주었다. 혀는 단단하고 뻣뻣해 보였다. 그는 구둣발로 족제비를 비탈로 쫓아 보내고 계속 걸어갔다.

다리가 나오자 길의 방향을 바꾸어 개천을 따라 국경선 쪽으로 걸어갔다. 개천은 갈수록 깊어 보였고, 물은 변함없이 느리게 흘렀다. 양옆으로 개암나무 줄기들이 개천 위에까지 뻗어 있어서 흐르는 물의 표면은 거의 보이지 않았다. 먼 곳에서 낫으로 풀 베는 소리가 들려왔다. 물이 느리게 흐를수록 표면은 더욱더 흐려 보였다. 물줄기가 휘어진 곳에서 개천은 흐르는 것을 멈추었고, 완전히 불투명하게 되었다. 멀리서 트랙터가 그와는 아무 상관없다는 듯이 덜덜거리며 지나가는 소리가 들렸다. 무르익은 라일락 열매의 검은 다발들이 덤불 사이사이 매달려 있었다. 움직이지 않는 물 위에는 조그만 기름 덩어리가 떠 있었다.

물 밑에서 가끔 공기 방울들이 솟아오르는 것이 보였다. 개천 위로 뻗어 있는 개암나무 가지의 끝 부분들은 물속에 잠겨 있었다. 외부로부터는 아무 소리도 들리지 않았다. 공기 방울들은 수면으로 솟구쳐 오르자마자 곧 다시 사라져 버렸다. 무엇인가가 아주 빠르게 튀어 올랐는데, 그것이 물고기였는지는 알 수가 없었다.

잠시 후 블로흐가 갑자기 움직이자, 물속에서 공기 방울들이 부글부글 끓어올랐다. 그는 개천 위로 난 오솔길로 접어들자 멈춰 서서 물을 내려다보았다. 물은 조용히 흐르고 있어서, 그 위에 떨어진 잎들은 윗면이 물에 젖지 않은 채 흘러가고 있었다.

소금쟁이들은 수면 위를 이리저리 뛰어다니고 그 위로는, 머리를 들지 않고도 하루살이 떼가 날아다니는 것이 보였다. 한 곳에서 잔물결이 일었다. 또다시 물고기가 튀어 오르는 것 같은 소리가 났다. 그와 함께 다른 쪽에 두꺼비 한 마리가 앉아 있는 것이 보였다. 개천가에서 진흙 덩어리가 물에 씻겨 흘러내렸고, 바닥에서는 또다시 공기 방울들이 솟구쳐 올라왔다. 블로흐는 수면에서 일어나는 작은 움직임도 아주 중요하게 생각되어, 그것이 반복되면 계속 쳐다보게 되고 신경이 쓰였다.

나뭇잎들은 물 위를 아주 느리게 떠 다녀서 눈이 화끈거릴 때까지 눈썹을 깜박거리지 않고 쳐다보았다. 눈썹을 깜박거리면 눈썹의 움직임을 잎들의 움직임과 착각하지 않을까 하는 불안감에 꼼짝 않고 쳐다보았던 것이다. 진흙이 풀어진 물에서는 속에 잠긴 나뭇가지의 모습이 전혀 보이지 않았다.

움직이지 않고 물만 똑바로 보고 있던 블로흐의 시야 밖에서 그의 눈길을 끌기 시작한 무엇인가가 있었다. 그는 눈에 무엇이 들어간 것처럼 깜박거리면서 살펴보았으나 아직은 잘 보이지 않았다. 그것은 점차 시야로 들어왔다. 그는 그것이 무엇인지 한참을 알아채지 못한 채 바라보았다. 그가 생각하기로는 흐릿한 점 같았다. 어느 희극 영화에서 누군가 상자를 열어 놓은 채 그 옆에서 계속 수다를 떨다가 갑자기 깜짝 놀라며 수다를 멈추고 상자로 덤벼드는 장면처럼, 다음 순간 블로흐는 자기 발밑을 흐르는 물속에서 어린아이의 시체를 보았다.

그는 다시 길로 돌아 나왔다. 집 몇 채가 서 있는 국경선 앞 커브 길로 순경이 오토바이를 타고 마주 오고 있었다. 그는 커브에 설치된 거울을 통해 벌써부터 순경을 보고 있었다. 다음 순간 순경은 정말 커브 길에 나타났는데, 흰 장갑을 끼고 오토바이에 똑바로 앉아 한 손으로는 핸들을 잡고 다른 손으로는 배를 만지고 있었다. 바퀴에는 진흙이 묻어 있었다. 바퀴살에는 무 이파리가 끼어서 흔들리고 있었다. 순경의 얼굴에는 아무런 표정이 없었다. 오토바이에 앉아 있는 순경의 모습을 바라보면 볼수록 블로흐는 마치 신문에서 눈을 들어 창문을 통해 야외를 보는 것 같은 느낌이 들었다. 순경은 점점 멀어져 가다가 완전히 사라져 버렸다. 그러자 블로흐는 자신이 순경을 바라보고 있던 그 짧은 순간에 다른 것을 본 것 같다는 생각이 들었다. 순경은 풍경 속으로 사라졌고 블로흐의 집중력은 완전히 무의미해지고 말았다. 그다음 그가 방문한 국경선 부근의 여인숙에서는 객실로 들어가는 문이 열려 있었지만 아무도 만날 수가 없었다.

그는 한동안 서 있다가 다시 한 번 문을 열고 들어가 안에서 조심스럽게 닫았다. 그는 구석에 있는 탁자에 앉아, 카드놀이 할 때 이긴 경우를 표시하는 작은 공들을 이리저리 밀면서 시간을 보냈다. 급기야 작은 공 그릇에 담겨 있는 카드를 뒤섞으며 만지작거리다 카드놀이를 하고 싶다는 충동이 일었다. 카드 한 장이 식탁 아래로 떨어졌다. 그는 몸을 굽혔다. 사방에 의자들이 세워져 있는 다른 편 식탁 아래에 여주인의 딸아이가 쪼그리고 앉아 있는 것이 보였다. 블로흐는 다시 몸을 일으켜 세우고 카드놀이를 계속했다. 카드가 너무 낡아서 한 장 한 장이 두껍게 부풀어 보였다. 그는 옆집의 방안을 들여다보았는데, 그곳에 있던 받침대 위의 관은 이미 옮겨지고 없었다. 여닫이 창문은 활짝 열려 있었다. 길거리에서는 아이들이 소리를 질러 대고 있었고, 식탁 아래 쪼그리고 있던 아이는 그 소리를 듣고 재빨리 의자를 밀어젖히고 밖으로 달려 나갔다.

마당에 있던 여종업원이 들어왔다. 그녀는 블로흐가 앉아 있는 것을 보고, 여주인은 임대차계약을 갱신하기 위해 건물 소유주의 저택에 갔다고 말했다. 여종업원 뒤에는 양손에 맥주병이 가득 든 상자를 하나씩 끌고 들어오는 젊은이가 있었다. 그는 입을 벌리고 있었다. 블로흐는 그에게 말을 걸었지만, 여종업원은 무거운 짐을 운반하고 있을 때는 말을 할 수 없다며 말을 걸지 말라고 했다. 지적 장애인으로 보이는 젊은이는 맥주 상자들을 계산대 뒤에 쌓고 있었다. 여종업원은 그가 요즘도 먼지를 개천에 버리지 않고 침대에 버리는지, 이제는 염소에게 달려들지 않는지, 아직도 호박을 쪼개서 얼굴에 바르는지 등등을 물었다. 여종업원은 빈 병을 들고 문 옆으로 가 섰다. 그러나 젊은이는 대답하지 않았다. 그녀가 그에게 병을 보이자, 그녀 쪽으로 다가왔다. 그녀는 그에게 빈 병을 주고 밖으로 가지고 나가도록 했다. 고양이 한 마리가 안으로 달려 들어와서는 파리를 보고 훌쩍 뛰어올라 잽싸게 잡아먹었다. 여종업원은 문을 닫았다. 문이 열려 있었을 때, 블로흐는 옆에 있는 세관 초소에서 전화벨이 울리는 소리를 들었다.

블로흐는 젊은이를 따라 나가서 건물 소유주가 사는 저택으로 갔다. 그는 젊은이를 앞질러 가기가 싫어 뒤에서 천천히 걸어갔다. 그렇게 젊은이를 뒤따라가고 있는데, 그가 격렬한 몸짓으로 배나무를 가리키며 "벌집이다!" 하고 소리쳤다. 블로흐도 다른 나무들을 보고 깨닫기 전까지는 여기저기에 짙은 색으로 굳어 있는 나무줄기들이 정말로 나무에 붙은 벌들이라고 믿었다. 그는 젊은이가 벌집이 있다는 것을 증명하려는 듯이 나무 꼭대기 쪽으로 병을 던지는 것을 보았다. 나무줄기에 맞은 병 속에 남아 있던 맥주가 사방으로 튀고, 상해서 버린 배들을 쌓아 둔 풀밭 더미 위로 병이 떨어졌다. 그러자 썩은 배들로부터 파리와 벌들이 윙윙 소리를 내며 날아올랐다. 블로흐는 젊은이 옆에서 걸으며 그가 어제 개천에서 목욕할 때 본 '수영장 바보'에 관해 말하는 것을 들었다. 그 바보는 손가락이 너무 쭈글쭈글했고 입에는 커다란 거품을 물고 있었다고 했다. 블로흐는 그에게 수영할 줄 아느냐고 물었다. 그러자 젊은이는 입을 딱 벌리고 격렬하게 고개를 끄덕이더니 "아니요." 라고 대답했다. 블로흐는 앞서서 걸어갔다. 뒤에서 계속 말하는 소리가 들렸으나 더 이상 뒤돌아보지 않았다.

저택 앞에 다다른 그는 수위실 창문을 두드렸다. 그리고 유리창에 바싹 다가가 안을 들여다보았다. 책상 위에는 자두가 가득 든 통 하나가 놓여 있었다. 소파에 누워 있던 수위가 급히 일어났다. 그는 블로흐에게 무슨 신호를 보냈는데, 거기에 대해 어떻게 대꾸해야 좋을지 알 수가 없었다. 그는 그냥 고개만 끄덕였다. 수위가 열쇠를 가지고 나와서 잠긴 문을 열고 곧 몸을 돌려 앞서 걸어갔다. '열쇠를 가진 수위라!' 하고 블로흐는 생각했다. 또다시 자신이 모든 것을 비유적으로 보려고 든다는 생각이 들었다. 그는 수위가 자기를 저택 안으로 안내하려 한다는 것을 알았다. 그는 오해를 풀려고 했다. 그러나 수위가 말을 많이 하는 것도 아닌데 해명할 기회가 없었다. 그들이 들어갈 입구의 문 위에는 곳곳에 생선 대가리 장식이 못으로 고정되어 있었다. 블로흐는 해명을 하려 했지만 또다시 기회를 놓치고 말았다. 그들은 이미 안으로 들어와 있었다.

수위는 도서실에서 책을 펴 들고 이전에 농부들이 소작료로 얼마나 많은 양의 수확을 주인에게 바쳐야 했는지 큰 소리로 읊었다. 수위는 지금 막 복종하지 않은 농부에 대해 언급한 라틴어 기록을 해석하는 중이어서 블로흐는 그의 말을 중단할 수가 없었다. 수위는 "그는 농장을 떠나야 했다."라고 읽었다. "그로부터 얼마의 시간이 지나서, 사람들은 숲 속에서 두 발이 나뭇가지에 매달려 있고 머리는 개밋둑 속에 묻혀 있는 농부를 발견했다." 소작료 장부는 너무 두꺼워서, 수위는 그것을 양손으로 비스듬히 받쳐 들고 있었다. 블로흐는 이 집에 사람이 사느냐고 물었다. 수위는 사유 공간이라 들어갈 수 없다고 대답했다. 블로흐는 탁 하는 소리를 들었다. 수위가 책을 덮는 소리였다. 수위가 "소나무 숲에 어둠이." 하며 외우고 있는 문장을 읊었다. "다시 그의 이성을 잃게 했다." 창문 앞에서 사과가 가지에서 떨어지는 소리가 들렸다. 그러나 굴러가는 소리 없이 조용했다. 블로흐는 밖을 내다보았다. 그리고 정원에서 톱니가 달린 자루 끝에 붙은 기다란 막대를 가지고 사과를 자루 안에 따 넣고 있는 건물 소유주의 아들과 아래쪽 풀밭에 앞치마를 펼치고 서 있는 여인숙 여주인을 보았다.

옆방에는 나비들이 꽂혀 있는 목판이 걸려 있었다. 수위가 나비를 채집하느라 지저분해진 자신의 손을 펴 보였다. 많은 나비들이 핀에서 분리되어 바닥에 떨어져 있었다. 블로흐는 목판 밑바닥에 흩어진 가루를 보았다. 그는 좀 더 가까이 가서 아직 핀에 꽂혀 붙어 있는 나머지 나비들을 바라보았다. 수위가 뒤에서 문을 닫자, 그의 시야 밖에 있던 목판에서 무엇인가가 떨어지면서 가루를 흩날렸다. 블로흐는 온몸이 거의 녹색의 솜털로 덮여 있는 공작나비 한 마리를 보았다. 그는 몸을 숙이지도, 뒤로 물러서지도 않은 채 텅 빈 핀 아래 붙어 있는 기록표를 읽었다. 나비들의 모습이 너무 많이 변한 상태여서, 그 밑에 붙여 놓은 기록을 보고서야 제대로 알 수 있었다. "거실에서 죽은 놈." 하고 다음 방으로 가는 문에 서 있던 수위가 읽어 주었다. 밖에서 누군가가 고함을 질렀고, 사과 하나가 바닥에 떨어졌다. 창문으로 내다보고 있던 블로흐는 아무것도 달려 있지 않은 빈 나뭇가지가 재빨리 제자리로 되돌아가는 것을 보았다. 여주인은 땅에 떨어진 사과를 손상된 다른 사과 무더기에 함께 모아 두었다.

잠시 후 다른 지역의 학생들이 오자, 수위는 블로흐의 안내를 중단하고 그들을 안내하기 시작했다. 블로흐는 그 틈을 타 거기서 빠져나왔다.

다시 길로 나와 우체국 버스의 정류장 옆에 있는 벤치에 앉았다. 표지판에 쓰여 있는 대로 그 벤치는 마을의 저축은행에서 만들어 기증한 것이었다. 집들은 멀리 떨어져 있어서 서로 거의 구별이 안 됐다. 종소리가 울리기 시작했지만 종탑에서 종을 알아볼 수는 없었다. 비행기 한 대가 너무 높이 날아가서 그는 그것을 바라볼 수가 없었다. 딱 한 번 빛이 반짝했다. 벤치에 앉아 있는 그의 곁에는 말라 죽은 달팽이의 흔적이 있었다. 벤치 아래 풀은 지난밤에 내린 이슬로 아직도 젖어 있었다. 담뱃갑의 셀로판 껍질에는 흐릿하게 습기가 스며 있었다. 그는 왼쪽도 보고……오른쪽도 보고……뒤편도 보고……그러다 배가 고파지자 계속 걸어갔다.

다시 여인숙으로 돌아왔다. 블로흐는 소시지 한 접시를 주문했다. 여종업원은 빵 자르는 기계로 빵과 소시지를 잘라서 접시에 담아 그에게 가져왔다. 그녀는 그 위에다 겨자를 뿌려 주었다. 블로흐는 그것을 먹었다. 날은 이미 어두워져 있었다. 밖에서는 술래잡기를 하던 어린애가 어디로 숨어 버렸는지 찾지 못한 모양이었다. 놀이가 끝났을 때야 블로흐는 비로소 어린애가 텅 빈 길을 걸어가는 것을 보았다. 그는 접시를 밀어 놓고, 맥주 받침도 밀어 놓고 소금 그릇도 밀어 놓았다.

여종업원은 어린애를 침대로 데리고 갔다. 얼마 후 어린애는 객실로 되돌아와서 잠옷 바람으로 사람들 사이를 이리저리 뛰어다녔다. 이따금 마룻바닥에서 나방이가 날아올랐다. 여주인이 돌아와서 어린애를 다시 침실로 데려갔다.

커튼은 닫혀 있었고, 객실은 손님들로 가득했다. 계산대 쪽에 두서너 명의 젊은이가 서 있었는데, 그들은 매번 웃을 때마다 뒤로 한 걸음씩 물러나곤 했다. 그 옆에는 방수 외투를 입은 아가씨들이 곧 다시 나갈 자세로 서 있었다. 젊은이 중 한 사람이 무언가 이야기를 하면 다른 젊은이들은 꼼짝하지 않고 듣다가 모두 한꺼번에 웃음을 터뜨리는 모습을 볼 수 있었다. 앉으려는 사람은 가능한 한 벽 쪽에 자리를 잡으려 했다. 뮤직 박스의 음반을 고정시키는 장치도 보였고, 축음기의 픽업이 닫히는 것도 보였고, 몇 사람이 자신들이 신청한 음악을 말없이 기다리는 것도 보였다. 아무런 특이한 일도 없었고, 변한 것도 없었다. 여종업원이 지친 듯이 팔을 내려뜨리는 일, 조끼 소매 아래 손목 위로 손목시계가 미끄러져 내려오는 일, 커피 끓이는 기계의 손잡이가 천천히 올라가는 일, 누군가가 성냥갑을 열기 전에 그것을 귀에 대고 흔들어 보는 일 등 어느 것 하나 새로울 것이 없었다. 빈 잔을 얼마나 오래 계속해서 입술에 대는지, 여종업원이 술잔을 가져가는 것을 확인하기 위해 얼마나 재빠르게 뒤를 돌아보는지, 또 젊은이들이 어떤 식으로 서로 장난을 치는지를 볼 수 있었다. 특별한 일은 아무것도 없었다. 누군가가 계산을 하겠다고 큰 소리로 외치자 그제야 다시 정신이 들었다.

블로흐는 상당히 취해 있었다. 모든 대상들이 자신의 영역

밖에 있는 것 같았다. 그는 사건들과 너무 멀리 떨어져 있어서 자신이 보고 들은 것이 자기와는 아무 관련이 없는 것처럼 생각되었다. 그는 벽에 걸려 있는 가지 뿔이나 구부러진 뿔을 바라보면서 마치 공중촬영을 하는 것 같다고 생각했다. 소음들이 마치 라디오에서 예배 의식을 중계할 때의 기침 소리나 헛기침 같은 잡음처럼 들려왔다.

잠시 후 건물 소유주의 아들이 들어왔다. 그는 무릎 부분에 끈을 졸라매는 짧은 바지를 입고 있었다. 그가 외투를 벗어 블로흐 바로 옆에 거는 바람에 블로흐는 몸을 옆으로 숙여야만 했다.

여주인이 소유주의 아들과 마주 앉아 무얼 마시겠느냐고 묻고는 그가 주문한 것을 여종업원에게 소리치는 게 들렸다. 한동안 블로흐는 두 사람이 같은 잔으로 마시는 것을 보았다. 젊은이가 무엇인가 말하자 그녀는 그를 옆으로 밀치고 손을 쫙 펴 그의 얼굴로 재빠르게 뻗었다. 그러자 그가 그 손을 붙잡아 덜컥 입을 맞췄다. 그런 다음 여주인은 다른 식탁으로 가서 앉아, 그곳 젊은이를 상대로 영업에 어울리는 행동을 계속했다. 소유주의 아들은 다시 일어나 블로흐 뒤에 걸어 놓은 외투에서 담배를 꺼냈다. 외투가 방해가 되느냐는 질문에 블로흐는 고개를 흔들면서 자기가 꽤 오래전부터 그 자리에 앉아 있었다는 생각을 했다. 블로흐는 "여기 계산!"하고 큰 소리로 말했다. 그러자 실내가 잠시 조용해졌다. 마침 머리를 뒤로 쳐들면서 포도주병 코르크 마개를 뽑고 있던 여주인은 계산대 뒤에서 술잔들을 씻어 물기를 흡수하는 스펀지 깔개 위에다 세우고 있는 여종업원에게 신호를 보냈다. 그러자 여종업원은 계산대 주위를 둘러싸고 있던 젊은이들을 헤치고 그에게 와서 찬 손으로 거스름돈을 내쳤는데, 블로흐는 자리에서 일어서면서 그 물기 묻은 동전을 곧장 주머니에 받아 넣었다. '이건 익살이야.' 하고 블로흐는 생각했다. 아마 이 일은 그가 취해 있었기 때문에 더욱 더 형식적으로 느껴졌는지도 모른다.

그는 일어서서 문을 열고 밖으로 걸어 나왔다. 모든 것이 정상이었다.

좀 더 정신을 차리기 위해 그는 한동안 그렇게 서 있었다. 때때로 사람들이 나와서 소변을 보고 들어갔다. 새로 온 사람들은 뮤직 박스에서 흘러나오는 노래를 이미 밖에서부터 같이 따라 부르며 들어오고 있었다. 블로흐는 그곳을 떠났다.

'다시 마을로, 다시 여관으로, 다시 방으로.(Zurück im Ort, Zurück im Gasthof, Zurück im Zimmer.) 전부 아홉 단어군.' 하고 블로흐는 가벼운 마음으로 생각했다. 그는 위층에서 수돗물 트는 소리를 들었다. 그는 물로 목을 가시는 소리 그리고 거칠게 코로 숨 쉬는 소리와 혀로 짭짭하는 소리를 들었다.

깊이 잠들지도 못했는데 다시 깼다. 처음에는 몸이 분리되어 바닥으로 떨어진 것 같다는 생각이 들었지만, 자신이 침대에 그대로 누워 있음을 알았다. '움직일 수 있는 능력도 없는데!' 하고 블로흐는 생각했다. '곱사등이 되었나!' 그는 자신이 갑자기 퇴화된 느낌이 들었다. 제정신이 아니었다. 말없이 그렇게 누워 있는 것이 그가 할 수 있는 유일한 동작이자 쓸모없는 일이었다. 그렇게 분명하고 뚜렷하게 누워 있었기 때문에 어떤 다른 모습이 될 수는 없었다. 그의 모습은 단정치 못하고 거칠고 조화롭지 않아서 타인의 감정을 상하게 할 뿐이었다.

'매장해야지!' 하고 블로흐는 생각했다. '포기하고 멀리해야지!'
그는 스스로를 불쾌한 존재로 생각했다. 그러나 자신의 의식이
너무 강렬해서 그것을 온몸의 촉각으로 감지한다는 것을 깨달
았다. 그는 의식이나 사고를 손으로 붙잡을 수 있는, 공격적이
고 구체적인 것으로 생각했다. 그는 방어력 없이 저항하지 않
고 누워 있었다. 욕지기가 나면서 속이 뒤집히는 기분이었다.
낯선 것은 아니었지만 좀 혐오스러웠다. 그것은 충격이었다. 그
충격으로 그는 이상해져 버렸고 일상에서 벗어나게 되었다. 그
는 실제로 그렇게 아무런 가능성도 없이 그곳에 누워 있었다.
비교할 것도 없었다. 자기 자신에 관한 의식만은 너무 강렬해
서 불안스러웠다. 그는 땀이 났다. 동전 하나가 바닥에 떨어져
침대 밑으로 굴러갔다. 귀를 기울였다. 비유인가? 그러고는 잠
이 들었다.

그는 잠에서 깼다. 이, 삼, 사, 하고 세기 시작했다. 상태는
변하지 않았지만, 자면서도 그것에 익숙해진 모양이었다. 그는
침대 밑에 떨어진 동전을 주워 호주머니에 집어넣고 아래층으
로 내려갔다. 주의해서 생각하자 단어가 하나씩 하나씩 쉽게
머리에 떠올랐다. 비가 올 듯한 10월 어느 날, 이른 아침, 먼지
낀 창유리. 완전하게 작동되고 있었다. 그는 주인에게 인사를
했다. 주인은 마침 신문들을 신문걸이에 꽂고 있었다. 일하는
아가씨는 부엌과 객실 사이 서비스 창구로 쟁반을 밀어 넣고
있었다. 그의 의식은 계속 잘 작동하고 있었다. 그는 자신이 늘
앉던 식탁으로 가서 신문을 펴고 한 장 한 장 넘기면서 기사
를 읽었다. 기사는 게르다 T. 살인 사건의 결정적인 흔적이 남
쪽 지역으로 향하고 있음을 알리고 있었다. 죽은 여자의 방에

서 발견된 신문의 가장자리에 쓰인 서투른 글씨체를 보고 수사를 계속하고 있다는 것이다. 한 문장은 다음 문장으로 계속되고 있었다. 그리고, 그래서, 또 그다음에……. 얼마 동안은 안심하고 지낼 수 있을 것 같았다.

블로흐는 객실에 앉아 바깥 거리에서 무슨 일이 일어나는지 살펴보고 있었는데, 잠시 후 갑자기 문장 하나가 떠올랐다. '그는 너무 오래 무직 상태로 있었다.'라는 문장이었다. 블로흐는 그 문장이 끝마무리 문장처럼 생각되었기 때문에 어쩌다 그런 방향으로 오게 되었는지 곰곰이 생각해 보았다. 이전에는 무엇이었지? 그렇지! 지금 떠오른 문장처럼 '그 숲에 소스라치게 놀란 그는 공이 순식간에 다리 사이로 지나가는 걸 붙잡지 못했다.'라는 이전 문장을 생각했다. 그리고 이 문장 전에는 골문 뒤에서 그를 혼란스럽게 만들었던 사진작가들이 떠올랐다. 그리고 그전에는 '누군가가 뒤에 서서 그의 개에게 휘파람을 불고 있었다.' 그리고 그 문장 전에는? 그 문장 전에는 어떤 여자가 떠올랐는데, 그녀는 공원에 서 있다가 몸을 돌려 그의 뒤에 있는 무엇인가를, 마치 고집부리는 어린애 쳐다보듯 바라봤었다. 그리고 그전에는? 그전에는 주인이 세관 초소 직원에 의해 국경선 바로 앞에서 죽은 채 발견되었다는 벙어리 학생에 관해 이야기를 했지. 그리고 그전에는 라인 바로 앞에서 튀어 올랐던 공이 생각났다. 그리고 공에 대한 생각 전에는 길거리에서 장터의 여자 상인이 등받이 없는 의자에서 벌떡 일어나 어떤 학생 뒤를 쫓아가는 것을 보았다. 그 여자 상인을 보면서 신문에서 읽은 문장 하나가 생각났다. "그 목수는 도둑을 뒤쫓아 갈 때 그가 두르고 있던 앞치마 때문에 방해를 받왔다." 그는 싸움할 때 윗도리 소매를 뒤에서 붙잡혔던 것을 생각하면서 그 문장을 읽었더랬다. 정강이뼈를 식탁에 부딪쳐 너무 아팠기 때문에 며칠 전의 싸움을 생각하게 되었다. 그리고 그전에는? 왜 정강이뼈를 식탁에 부딪치는 일이 일어나게 되었는지 더 이상 생각이 나지 않았다. 그전에 무슨 일이 있었는지 곰곰이 생각해 보았다. 움직임과 관련이 있을까? 혹은 아픈 것하고 관련이 있을까? 혹은 식탁과 정강이뼈가 부딪치는 소리와 관련이 있을까? 그러나 더 이상은 생각이 나질 않았다. 그래서 그는 자기 앞에 있는 신문에서, 실내에 있는 시체 때문에 부수지 않으면 안 되었던 방문의 사진을 바라보았다. 그 문 때문에 '그는 너무 오래 무직 상태에 있었다.'라는 문장을 다시 발견하게 되었는지 모른다고 생각했다.

얼마간은 잘 지나갔다. 그와 말을 주고받았던 사람들의 이야기는 그가 들었던 소문과 일치하고 있었다. 집들은 정면을 향해서만 서 있지 않았다. 무거운 밀가루 자루들이 낙농품 하차장으로부터 질질 끌려 창고로 운반되고 있었다. 멀리 아래쪽 길에서 누군가가 뭐라고 소리치면, 그것은 바로 아래쪽에서 나는 소리처럼 들렸다. 건너편 인도를 걸어가고 있는 사람들은 영화에서 엑스트라 배우들이 지나가는 듯한 과장된 것이 아니라, 자연스러운 모습이었다. 눈 밑에 반창고를 붙인 젊은이에게서는 진짜 피딱지가 보였다. 그리고 비는 풍경의 전면에만 내리는 것이 아니라 온 시야에 걸쳐 내리고 있었다. 블로흐는 어떤 성당의 지붕 밑에 서 있었다. 그는 옆길을 통해 이쪽으로 들어왔는데, 비가 내리기 시작하자 지붕 밑에 서 있었던 것이다.

성당 안은 그의 이목을 끌었는데, 생각보다 밝았다. 그는 긴 의자에 앉은 후 고개를 들어 천장 그림을 바라보았다. 잠시 후 그는 그 그림이 여관방마다 걸려 있는 안내서에 복사된 그림과 같은 그림이라는 걸 알아차렸다. 안내서에 그 지역과 주변의 길이나 골목들이 표시되어 있어서 블로흐는 한 장을 지니고 다녔는데, 그것을 다시 꺼내 읽어 보고 그림의 전면과 배경을 서로 다른 화가가 그렸다는 것을 알았다. 전면의 인물들은 이미 다 그려졌는데, 다른 화가는 그때까지도 배경을 그리고 있었는지도 모른다. 블로흐는 종이에서 고개를 들고 천장을 쳐다보았다. 그가 잘 알지 못하는 인물들이라 그런지 — 그것은 성경에 나오는 인물들의 그림이었다. — 지루했다. 그렇지만 밖에서 비가 억수같이 내리는 동안 안에서 천장을 바라보고 있는 게 기분은 좋았다. 그림은 성당 천장 전면을 채우고 있었다. 배경은 구름이 거의 없는 단조로운 파란 하늘이었다. 여기저기서 몇 개의 양털구름도 볼 수 있었다. 인물들과 상당히 떨어진 곳에 새도 한 마리 그려져 있었다. 블로흐는 화가가 몇 평방미터를 그려야 했을지 추측해 보았다. 저렇게 일정하게 파랗게 그리는 것은 어려운 일이었을까? 주를 이루는 파란색이 저렇게 밝은 걸 보니 틀림없이 하얀색과 배합했을 것이다. 색을 배합하고도 그 파란색이 그림 그리는 동안 하루하루가 지나도 달라지지 않도록 주의를 했겠지? 한편, 파란색은 전체적으로 똑같은 파란색이 아니라 붓 터치에 따라 색깔이 달랐다. 천장을 단순히 하나의 파란색으로 칠하는 것이 아니라 그림에 맞게 칠해야 했겠지? 배경의 하늘 색깔은 가능한 한 커다란 붓이나 심지어 빗자루를 가지고 알맞게 젖은 회반죽 위에다 맹목적으로 색칠하는 것이 아니라, 파란 색깔 속에서도 작은 변화들이 생기도록 그러나 그 변화가 너무 뚜렷해서 화가가 색깔을 배합하는 데 실수를 했다고 구경하는 사람이 여기지 않게 주의하면서 진짜 하늘을 그려야 한다고 블로흐는 생각했다. 실제 그림의 배경은 일반인들이 하늘을 생각하는 것에 익숙해서 하늘로 보이는 게 아니라, 화가가 그곳에서 한 획 한 획 하늘을 그렸기 때문에 그렇게 보이는 것이다. 하늘은 너무나 세밀하게 그려져 있어서, 블로흐에게는 전면의 인물들보다 훨씬 더 정확하게 여겨졌다. 화가가 그곳에다가 새를 그린 것은 분노 때문일까? 화가는 그림을 시작할 때 새를 같이 그렸을까 아니면 그림이 끝나 갈 때 그렸을까? 배경 화가는 어느 정도 절망감을 가지고 그렸을까? 그런 것을 암시하는 것은 아무것도 없었다. 블로흐 스스로도 이러한 해석이 너무 우습게 여겨졌다. 어쨌든 그가 그림에 열중하는 것은 마치 여기저기로 돌아다니거나, 빈둥빈둥 앉아 있거나, 밖으로 나가거나 안으로 들어오는 일처럼 그저 구실에 불과하다는 생각이 들었다. 그는 일어섰다. "심심풀이도 아니야!" 하고 혼잣말을 했다. 그는 스스로 그걸 반증하기 위하여 밖으로 나와서 곧 길을 건너 어느 집 입구로 가서는 비가 멈출 때까지 그곳에 아무렇게나 널려 있는 빈 우유병들 옆에 섰다. 그러다 다가와 말 거는 사람이 아무도 없자 카페 안으로 들어가 그곳에서 다리를 쭉 뻗고 한동안 앉아 있었다. 여기서도 앞을 지나면서 다리에 걸려 비트적거리다가 싸움을 걸어 그를 긴장하게 만들거나 하는 사람은 없었다.

그가 밖을 바라보자, 스쿨버스가 서 있는 시장의 한 면이 보였다. 카페 안에는 꽃다발이 놓여 있는, 불을 피우지 않는

벽난로와 우산이 걸려 있는 옷걸이가 좌우 벽면에 있었다. 그는 뮤직 박스가 있는 다른 벽면도 바라보았는데, 골라 놓은 번호 옆으로 전파 빛이 천천히 가서 멈추었다. 그리고 그 옆에는 담배 자동판매기, 그 위에 다시 꽃다발이 놓여 있었다. 그리고 다른 쪽 벽 앞에서는 주인이 계산대 뒤에 서서 여종업원이 쟁반에 담아 들고 옆에 서 있는 맥주병의 뚜껑을 따 주고 있었다. 그리고 마지막으로 비에 젖어 지저분해진 구두를 신고 다리를 쭉 뻗은 채 앉아 있는 자신의 모습이 있었고, 탁자 위에는 큼직한 재떨이, 그 옆에는 작은 꽃병 그리고 마침 아무도 앉지 않은 옆 탁자에는 포도주가 가득 든 잔이 놓여 있었다. 그는 스쿨버스가 출발한 후 내다본 바깥 풍경이 그림엽서의 풍경과 정확히 일치한다는 것을 깨달았다. 이쪽에는 관상용 분수 옆으로 중세의 흑사병 극복을 기념하는 원주(圓柱)가 서 있고, 저쪽에는 엽서 가장자리에 보이는 자전거 주차대의 일부가 있었다.

블로흐는 흥분했다. 단면의 안쪽에서 그는 개별적인 것들을 점점 분명하게 보았다. 그가 본 부분들이 전체를 위해 서 있는 것 같았다. 또다시 그에게는 부분들이 문패처럼 생각되었다. '조명 문자 광고' 같다고 생각했다. 그래서 그는 귀걸이를 한 여종업원의 귀를 모든 사람을 위한 신호로 보았다. 옆 탁자에는 어떤 여자의 핸드백이 약간 열린 채 놓여 있어서 그는 그 안에 들어 있는 물방울무늬 두건을 알아볼 수 있었다. 그녀는 뒤에서 커피 잔을 들고 다른 손으로는 가끔 잡지의 그림을 보면서 재빠르게 책장을 넘기고 있었다. 테이블 위에 아이스크림 그릇이 탑처럼 쌓여 있는 모습은 주인의 모습과 비교가 되었고, 옷걸이 아래 바닥에 고여 있는 물은 그 위에 걸어 놓은 우산에서 흘러내린 물이었다. 블로흐는 손님들의 머리를 보는 대신 손님들 머리 높이에 있는 벽의 지저분한 부분을 보았다. 그는 여종업원이 벽 조명을 끄기 위해 지금 막 잡아당긴 더러운 줄을 보고 기분이 들떠서 ― 밖은 다시 더 밝아졌다. ― 이 모든 벽 조명이 오직 자기 자신만을 위해 만들어졌다는 엉뚱한 생각을 했다. 그는 빗속을 걸어 다닌 탓에 머리도 아팠다.

부담을 주는 개별적인 것들은 그들의 외형과 그들이 속해 있는 환경을 보기 흉하게 일그러뜨렸다. 개별적인 것들을 하나씩 이름으로 불러 보고 이 명칭들을 외형에 대한 욕설로 바꿔 봄으로써 그렇게 되는 것을 막을 수 있었다. 계산대 뒤의 주인은 아이스크림 컵으로 부를 수 있고, 여종업원은 귓불이 뚫린 상처로 부를 수 있을 것이다. 마찬가지로 화보를 보고 있는 여자도 '핸드백!'이라고 부를 수 있고, 뒷방에서 나와 선 채로 돈을 치르면서 포도주를 다 마셔 버린 옆 탁자의 남자를 '바지에 얼룩!'이라고 부를 수 있고, 또 지금 빈 잔을 탁자에 놓고 나가는 그의 모습이 자전거를 타고 밖으로 사라질 때까지 그를 손가락 지문, 문손잡이, 뒤가 터진 외투, 자전거 쥠쇠, 진흙 바지 등등으로 부를 수 있을 것이다……. 심지어 대화나 특히 '그래요?', '아하!' 같은 감탄사의 경우에도 대단히 뻔뻔스럽게 느껴졌기 때문에 조롱 삼아 큰 소리로 바꿔 말할 수 있었다.

블로흐는 정육점에 들어가서 소시지가 들어 있는 빵 두 개를 샀다. 가진 돈이 점점 빠듯해졌기 때문에 여관에서 식사를 하지 않았다. 그는 막대기에 나란히 매달려 있는 소시지의 동여맨 양끝을 살펴보고, 가게 여자에게 원하는 소시지를 잘라 달라고 가리켰다. 어린아이가 손에 쪽지를 들고 들어왔다. 가게 여자는 소시지를 준비하면서 세관원이 처음에는 물에 젖어 떠내려온 학생의 시체를 매트리스로 알았다고 말했다. 그녀는 상자에서 빵 두 개를 집어 들고 완전히 절단하지는 않고 위아래로 갈랐다. 빵이 너무 오래 돼 칼로 자를 때 파삭거리는 소리가 났다. 가게 여자는 빵을 위아래로 벌리고 소시지 조각들을 그 안에 끼워 넣었다. 블로흐는 시간이 있으니 앞에 있는 아이가 원하는 것부터 먼저 주라고 했다. 그는 아이가 말없이 쪽지 내미는 것을 보았다. 그녀는 허리를 숙여 그 쪽지를 읽었다. 그녀가 고기 덩어리를 두 쪽으로 자르자, 그것은 널빤지에서 미끄러져 돌판 바닥에 떨어졌다. "철썩." 하고 아이가 소리쳤다. 고기 덩어리는 널려진 채 있었다. 그녀는 그것을 들어 올려서 칼로 다듬어 종이에 돌돌 말아 주었다. 밖에는 비가 그쳤는데도 학생들이 우산을 쓰고 가는 것이 보였다. 그는 아이에게 문을 열어 주면서, 여자가 소시지 끝 부분의 껍질을 벗기고 얇게 잘라 두 번째 빵 속에 넣는 것을 보았다.

"장사가 안돼요." 하고 가게 여자가 말했다. "집들은 가게가 있는 길 쪽으로만 있어요. 그래서 첫째로는 그쪽에 살고 있는 사람들이 이쪽 편에 가게가 하나 있는 걸 볼 수가 없고, 둘째로는 길을 다니는 사람들도 오로지 그쪽 길로만 다니기 때문에 이쪽 편 가게를 간과해 버리게 되고, 마지막으로는 이곳 상품 진열장도 옆집들의 거실 창문보다 크질 않아서 주의를 끌 수가 없어요."

블로흐는 사람들이 지역도 넓고 햇볕도 더 많이 비치는 이쪽 길로 다니지 않는다는 것이 이상하게 생각되었다. "집 있

는 곳을 따라 걸어가는 데는 무슨 이유가 있겠죠!" 하고 그가
말했다. 말하는 도중 그녀가 뭐라고 대꾸를 하는 바람에 하던
말을 웅얼거릴 수밖에 없었고 그녀도 그의 말을 이해하지 못
했다. 그래서 그녀는 그가 하는 대답을 농담으로 잘못 듣고 웃
었다. 지금 막 진열장 옆으로 몇 사람이 지나가고 있는 가게는
너무 어두워서 그의 말이 정말로 농담처럼 여겨졌다.

블로흐는 첫째로는…… 둘째로는…… 하며 가게 여자가 했
던 말을 혼자 반복해 보았다. 말을 시작하면서 동시에 문장 끝
에 무엇을 말해야 할지 알고 있다는 것이 신기하게 생각되었
다. 그는 길을 걸어가면서 소시지가 든 빵을 먹었다. 그는 빵을
쌌던 기름종이를 던져 버리려고 마구 꾸겼다. 주변에 휴지통이
없어서 꾸겨진 종이 뭉치를 손에 쥐고 한참을 이리저리 걸어
다녔다. 그는 그것을 윗옷 주머니에 넣었다가 다시 꺼내서 마
침내 과수원 울타리 너머로 던져 버렸다. 곧 사방에서 닭들이
몰려왔지만 종이 뭉치를 쪼아 대지는 않고 다시 사라졌다.

블로흐는 자기 앞으로 세 사람의 남자가 비스듬히 길을 횡
단해서 걸어가는 것을 보았다. 두 사람은 제복 차림이었고, 가
운데 사람은 일요일에 입는 검은 정장 차림에 넥타이를 맨 집
시였는데 바람 때문인지 아니면 빨리 뛰어가느라 그랬는지 넥
타이가 어깨 뒤로 넘어가 있었다. 블로흐는 두 사람의 순경이
지서 건물로 집시를 데리고 들어가는 것을 보았다. 그들은 문
까지 나란히 걸어갔다. 집시는 순경들 사이에서 자연스럽게 몸
을 움직이며 무슨 이야기를 했다. 그러나 순경 한 사람이 문을
열자 나머지 한 사람이 손을 대지 않고 뒤에서 집시를 팔꿈치
로 가볍게 밀어 넣었다. 집시는 어깨 너머로 두 순경을 되돌아

보고 호의적으로 미소를 지었다. 넥타이 매듭 안쪽으로 보이는 셔츠 깃은 열려 있었다. 블로흐는 집시가 대단히 과격하게 팔을 붙잡혔을지라도 절망적이면서도 호의적인 눈으로 순경을 쳐다보았으리라 생각했다.

블로흐는 우체국이 있는 그 건물로 그들을 뒤따라 들어갔다. 그는 자신이 떳떳하게 소시지 빵을 먹고 있었기 때문에 그들과 연루된 사람으로 보이지는 않을 것이라고 생각했다. '연루된?' 그는 여기서 소시지 빵을 먹고 있는 행동 때문에 자신의 존재가 집시의 연행과 무관하게 보일 것이라는 생각조차 할 필요가 없었다. 자신의 정당성을 증명하는 것은 어떠한 해명을 요구받거나 자신이 무엇에 대해 비난받았을 경우에 필요한 것이다. 심문을 당할 수 있다는 생각조차 할 필요가 없기 때문에, 자신이 이 사건과 무관하다는 마음의 준비를 미리 할 필요가 전혀 없는 것이다. 사건 자체가 존재하지 않는 것이다. 누군가 그에게 집시가 끌려가는 것을 보았느냐고 묻는다면, 아예 부인하거나 혹은 소시지 빵을 먹느라 못 봤다는 구실을 대는 대신 오히려 자신이 집시 연행의 증인이라고 고백할 수 있을 것이다. '증인이라고?' 블로흐는 우체국에서 전화 연결을 기다리며 멈칫했다. '고백한다?' 이러한 낱말들이 그가 아무런 의미가 없는 사건과 무슨 관련이 있는가? 이 낱말들은 그가 지금 막 부정하려고 했던 의미를 가지고 있기나 한 걸까? '부정한다?' 블로흐는 다시 멈칫했다. 부정할 거라곤 아무것도 없다. 그는 말하고자 했던 것을 표현하는 낱말들의 진술 방식에 주의를 해야 했다.

그가 전화실을 쓸 차례가 되었다. 진술하게 되는 일을 피해야 한다는 생각 때문에 그랬는지 자신도 모르게 수화기의 손잡이를 손수건으로 감아쥐고 있었다. 그는 약간 혼란스러워하며 손수건을 주머니에 집어넣었다. 경솔한 대화를 생각하느라 무의식중에 손수건을 그렇게 감았을까? 그가 통화하고자 했던 친구는 일요일에 중요한 게임을 앞두고 팀과 함께 합숙 훈련에 들어가 있어서 그에게 전화 연결을 할 수 없다는 대답을 들었다. 블로흐는 여직원에게 다른 번호를 주며 부탁했다. 그녀는 우선 한 통화료를 먼저 지불하라고 했다. 블로흐는 돈을 내고 의자에 앉아 두 번째 통화를 기다렸다. 전화가 울리자 그는 일어섰다. 그러나 그것은 축하 전보가 수신되는 소리였다. 여직원은 한 단어 한 단어 확인하면서 받아쓰고 있었다. 블로흐는 이리저리 왔다 갔다 하고 있었다. 우편배달부 한 사람이 들어와 여직원 앞에서 큰 소리로 보고를 했다. 블로흐는 다시 앉았다. 이른 오후라 밖의 길거리는 조용했다. 블로흐는 초조해졌지만 내색은 하지 않았다. 그는 우편배달부가, 집시는 여러 날을 국경 근처에 있는 세관 초소의 지하에 숨어 있었다고 말하는 소리를 들었다. 블로흐가 "그 정도는 누구나 말할 수 있는 거요!" 하고 말했다. 우편배달부는 몸을 돌려 그를 보더니 입을 다물었다. 블로흐는 그가 새로운 사실이라고 주장하는 것은 이미 어제, 그제, 아니 그끄제 신문에서 읽을 수 있다고 계속 말했다. 그가 말한 것은 그래서 별로, 전혀, 결코 별 의미가 없다고 했다. 배달부는 블로흐가 이 말을 하는 동안 등을 돌리고 여직원과 작은 소리로 중얼중얼 이야기를 했다. 블로흐에게는 그 소리가 마치 외국영화에서 전혀 이해할 수 없기 때문에 번역하지 못한 부분처럼 들렸다. 블로흐는 그의 이야기를 전혀 알아들을 수가 없었다. 갑자기 그에게 우체국이 사실상 '더 이상 통화할 수 없는' 곳이라는 사실이 받아들여지지 않고, 좋지 못한 농담을 하는 곳으로, 그전부터 극도로 싫어했던, 스포츠 기자들이 말장난하는 곳으로 여겨졌다. 집시에 관한 우편배달부의 이야기도 그에게는 이미 서투른 말장난으로, 부적당한 암시로 여겨졌다. 마찬가지로 축하 전보도 단어들은 유창했지만 실제로는 다른 의미를 담고 있는 것 같았다. 이야기된 것만 암시가 아니라, 주위의 대상들도 무엇인가를 의미하는 것 같았다. '마치 그들이 나에게 윙크하고 신호를 주는 것 같다!'라고 블로흐는 생각했다. 잉크병 뚜껑이 옆에 있는 압지 위에 놓여 있는 것도, 그 압지를 오늘 책상 위에 새로 내놓은 것도, 그래서 그 위에 각인된 자국을 읽을 수 있는 것도 무엇인가를 의미하는 것이 아닐까? 그리고 '그래서'라는 말 대신에 '하기 위하여'라는 보다 정확한 표현을 사용해서는 안 되었을까? 우체국 여직원은 수화기를 내려놓고 축하 전보의 철자를 한 자 한 자 확인하면서 읽었다. 무슨 의미일까? 그녀가 '행운을 빌며'라고 받아쓰면, 그 뒤에 무슨 뜻이 숨어 있는 것일까? '진심어린 인사를 보내며', 이것은 또 무엇을 의미할까? 무엇을 위해 이러한 진부한 문구들을 쓰는 걸까? '자랑스러운 조부모님'이란 누구를 위한 익명일까? 블로흐는 이미 아침에 신문에서 본 '왜 전화를 하지 않느냐?'라는 작은 광고를 곧 특별한 함정으로 생각했다.

그는 우편배달부와 우체국 여직원이 사정을 잘 알고 있는 것으로 생각되었다. 그는 '우체국 여직원과 우편배달부'로 순서를 바꿔 보기도 했다. 화창한 낮에 혐오스러운 언어유희병이 그를 엄습했다. '화창한 낮에?' 그는 어쩐지 이 구절에 사로잡힌 것 같았다. 그 표현은 싫지만 익살스럽게 여겨졌다. 이 문장에 다른 단어들이 쓰였다면, 덜 싫었을까? '병'이란 단어를 혼자 중얼거리면서 몇 번 반복해 보면 웃음을 띠게 된다. '나는 병에 걸렸다.' 우습다. '나는 아프다.' 똑같이 우습다. '우체국 여직원과 우편배달부', '우편배달부와 우체국 여직원', '우체국 여직원과 우편배달부'. 더할 나위 없는 위트. 당신은 우편배달부와 우체국 여직원에 관한 위트를 알고 있습니까? '모든 것이 표제처럼 생각된다.'라고 블로흐는 생각했다. '축하 전보', '잉크병의 뚜껑', '마룻바닥의 압지 부스러기'. 그는 다양한 스탬프가 걸려 있는 걸개들을 그림인 양 바라보았다. 오래도록 바라보았지만, 그러나 위트로 보이지는 않았다. 그렇다면 왜 그림처럼 여겨질까? 또다시 함정일까? 그가 기대를 건 대상은 유익한 것일까? 블로흐는 다른 곳으로 시선을, 또 다른 곳으로 시선을, 그리고 또 다른 곳으로 시선을 던졌다. 이 스탬프 인주는 당신에게 무엇을 뜻합니까? 당신은 빈칸을 채워 놓은 우편환을 보면 무슨 생각을 하십니까? 당신은 서랍을 빼내면서 무엇을 연상합니까? 블로흐에게 그것은 마치 열거하기를 중단하거나 혹은 놓친 대상들을 간접 증거로 이용할 수 있도록 하기 위하여 방의 재산 목록을 호명하는 것 같았다. 우편배달부는 활짝 편 손으로 계속 어깨에 메고 있던 큰 가방을 한 대 철썩 갈겼다. '우편배달부는 큰 가방을 한 대 갈기고 그것을 어깨에서 내려 놓았다.' 하고 블로흐는 한 단어 한 단어 생각했다. '이제 그는 가방을 책상 위에 세워 놓고 소포실로 간다.' 그는 방송기자가 사건 진행을 청중에게 설명하듯이 그렇게 묘사해 보았다. 그러고 나니 조금 진정이 되었다.

전화가 울리자 그는 멈춰 섰다. 전화가 울리면 매번 그랬던 것처럼 그는 한발 앞서 그 소리를 의식했다고 믿었다. 여직원은 수화기를 귀에서 떼고, 칸막이 전화실을 가리켰다. 전화실 안에 들어오자, 그는 곧 자신이 여직원의 손짓을 혹시 오해한 것이나 아닌지, 그녀의 손짓이 실은 누구를 향한 것도 아니었는데 자신이 잘못 받아들인 것은 아닌지 잠시 고민했다. 그는 전화기를 들고, 자신이 누구인지 알고 있다는 듯이 이름으로 전화를 받는 전처에게 우편환으로 돈을 좀 보내 달라고 부탁했다. 기이한 침묵이 흘렀다. 블로흐는 자기에게 하는 것이 아닌 속삭임을 들었다. "어디예요?" 하고 전처가 물었다. 그는 계획을 포기하고 해결책을 찾지 못해 그냥 앉아 있다고 하면서 대단히 우스꽝스런 소리를 한 것처럼 웃었다. 전처는 아무 대답이 없었다. 블로흐는 또다시 속삭이는 소리를 들었다. "그건 대단히 어려워요." 하고 그녀가 말했다. "왜 그래?" 하고 블로흐가 물었다. 그녀는 그에게 말한 것이 아니라고 대답했다. "돈은 어디로 보내 달라는 거죠?" 블로흐는 그녀가 자신을 도와주지 않는다면 곧 빈털터리가 될 거라고 말했다. 전처는 침묵했다. 다음 순간 저쪽 편에서 수화기를 내려놓았다.

블로흐는 칸막이 전화실을 나오면서 생각지도 않았던 '작년의 눈[雪]'을 떠올렸다. 무슨 의미일까? 국경 근처에 대단히 황폐하게 뒤덮인 잡초들이 있는데, 그곳에서는 이른 여름에도 눈 흔적을 볼 수 있다는 이야기를 들은 적이 있다. 그러나 그는 그런 것을 믿지는 않았다. 잡초 사이에서는 아무것도 발견할 수 없었다. '아무것도 발견할 수 없다?' 무슨 뜻이지? '내가 말한 그대로지 뭐.' 하고 블로흐는 생각했다.

은행에서 그는 오래전부터 가지고 다니던 1달러짜리 지폐를 바꿨다. 그는 브라질 돈도 바꾸려고 했으나, 은행에서 브라질 돈은 취급하지 않았다. 브라질 돈은 정해진 환율도 없었다.

블로흐가 안으로 들어가자, 직원이 동전을 세어서 그것을 두루마리에 돌돌 말아 고무줄로 단단히 묶고 있었다. 블로흐는 1달러 지폐를 유리 쟁반 위에 놓았다. 옆에는 장난감 시계가 있었다. 블로흐는 다시 한 번 쳐다본 후에야 그것이 자선을 위한 저금통이라는 걸 알았다. 직원은 그를 쳐다보고는 다시 계속해서 돈을 세고 있었다. 블로흐는 돈을 다시 유리 창구 아래 놓고 저쪽 편으로 밀었다. 직원은 동전 두루마리를 옆에다 일렬로 쌓아 놓았다. 블로흐는 몸을 굽히고 돈을 직원의 책상 위로 불었다. 직원은 그 돈을 펴서 손 모서리로 주름을 펴면서 손가락 끝으로 만지작거렸다. 블로흐는 그의 손가락 끝이 지저분해지는 것을 보았다. 뒤쪽 사무실에서 다른 직원이 나왔다. '뭘 확인하려고 나왔겠지.' 하고 블로흐는 생각했다. 그는 바꾼 동전들을 —— 그 가운데 지폐는 없었다. —— 종이 두루마리로 싸 달라고 부탁하면서 유리 창구 아래로 되밀어 넣었다. 직원은 조금 전에 두루마리로 싸 놓은 것과 똑같이 동전을 싸서 다시 블로흐에게 내주었다. 블로흐는 모든 사람들이 그들의 돈을 종이 봉지에 넣어 달라고 요구한다면 은행은 결국 파산할 것이라고 생각했다. 다른 물건을 살 때도 똑같을 것이라는 생각이 들었다. 포장지를 많이 소모하면 장사는 차츰차츰 파산하게 될까? 하여튼 그런 생각을 하면서 기분이 좀 편안해졌다.

블로흐는 문구점에 들러서 그 지역의 여행자용 지도를 샀다. 그는 그것을 잘 말아 달라고 하고 연필도 한 자루 사서 종이 봉지에 같이 넣었다. 그러고는 지도 두루마리를 손에 들고 계속 걸어갔다. 이전에 빈손으로 다니던 것보다 지금 훨씬 편안한 기분이 들었다.

그는 마을 밖으로 나와 주변을 조망할 수 있는 긴 의자에 앉아 연필을 들고서 지도에 표시된 곳들과 그의 앞에 펼쳐진 전경의 이곳저곳을 비교해 보았다. 먼저 지도의 기호들 중 원은 활엽수림을, 삼각형은 침엽수림을 나타내고 있었다. 그다음 지도에서 눈을 들어 앞을 바라보니, 놀랍게도 지도와 일치하고 있었다. 저 위쪽은 늪지대일 거고, 저쪽에는 그리스도 십자가상이 있을 것이고, 저쪽에는 철도 건널목이 있을 것이다. 이 국도를 따라가면 이쪽에서 다리를 건너가게 되고, 그다음에는 화물 운반용 도로로 오게 되고, 다음에는 누군가가 서 있는 가파른 언덕을 넘어가다가 그 길로부터 방향을 돌려 들판으로 가서 침엽수림 숲으로 들어가게 될 것이다. 그 숲에서는 사람을 만날 수도 있을 것이다. 그런 다음 급회전해서 언덕을 내려와 농가로 와서 헛간을 지나갈 것이다. 그다음 개천을 따라가다가 앞에서 지프차가 한 대 오기 때문에 이쪽에서 개천을 뛰어넘어 지그재그로 밭을 지나 울타리를 통해 마침 화물차가 한 대 지나다가 멈춰 서는 도로로 빠져나올 수 있을 것인데, 이 정도면 안전할 것 같았다. 블로흐는 그만 멈추었다. 어떤 영화에서 누군가가 "살인 사건과 관계가 있으면, 대개 생각이 비약하게 되지."라고 말하는 것을 들은 적이 있었다.

그는 지도에서 사각형을 보고 그것을 실제 주변에서 발견하지 못했을 때 마음이 가벼워졌다. 다시 말해, 그곳에 있어야 할 집이 없거나 이 자리에서 곡선을 이루고 있어야 할 도로가 실제로는 직선으로 뻗어 있는 경우 말이다. 블로흐는 이러한 불일치가 자신에게 도움이 될 수 있으리라 여겼다.

그는 들판에서 어떤 남자에게 달려가고 있는 개를 바라보았다. 그다음 그는 더 이상 개를 바라보지 않고 길에서 누군가를 만나기 위해 움직이고 있는 남자를 바라보았다. 그는 남자 뒤에 어린애가 서 있는 것을 보았다. 그리고 그는 자기 눈에 익숙해진 남자와 개를 바라보지 않고, 멀리서 허우적거리며 오고 있는 어린애를 바라보았다. 그러나 허우적거리는 것처럼 보이는 것은 어린애의 울부짖음 때문이라는 걸 알았다. 그사이 남자는 개에게 목걸이를 걸었고, 개와 남자와 어린애, 셋은 같은 방향으로 계속 걸어갔다. '누구에게 가는 걸까?' 하고 블로흐는 생각했다.

그의 눈앞에는 다른 풍경이 펼쳐지고 있었다. 개미들이 빵 조각에 모여들고 있었던 것이다. 그는 이번에도 개미를 보는 대신 빵의 부드러운 부분에 앉아 있는 파리를 보았다.

그가 바라보는 모든 것은 실제로 그의 관심을 끌었다. 풍경들은 자연스럽게 여겨지는 것이 아니라 마치 그를 위해서 특별하게 만들어진 것 같았다. 어딘가에 유용하게 사용되기 위해 그렇게 만들어진 것 같았다. 그가 바라보는 주위 풍경들은 글자의 형상으로 그의 눈에 확 들어와 박혔다. '호출 부호 같군.' 하고 블로흐는 생각했다. 지시문 같은! 그가 잠시 눈을 감았다가 다시 떴을 때, 모든 것이 완전히 달라져서 나타났다. 그가 바라본 부분들은 가장자리가 반짝거리고 흔들리는 듯이 보였다.

블로흐는 앉아 있다가 일어서서 곧 걷기 시작했다. 잠시 서 있다가는 갑자기 달리기 시작했다. 그는 속도를 내기 시작하다가, 갑자기 멈춰서, 방향을 바꿔 일정한 걸음걸이로 달리다가, 발걸음을 돌리고, 다시 또 돌리고, 멈췄다가, 이제는 뒤로 달리다가, 다시 뒤로 돌아, 앞으로 달리다가, 다시 또 뒤로 돌아, 뒤로 가다가, 다시 앞으로 달리는 자세를 하고, 몇 걸음 걷다가 빠른 달리기로 바꾸었다가, 갑자기 멈춰 서서, 갓돌에 앉았다가, 갑자기 계속해서 달렸다.

그런 다음 멈췄다가 다시 걸어갔다. 그러자 풍경들이 가장자리에서부터 흐려 보이다가 중앙 부분에 이르러서는 검은 점으로 보였다. '영화에서 누군가가 망원경을 통해 볼 때 같군.' 하고 블로흐는 생각했다. 그는 다리에 난 땀을 바지로 문질러 닦았다. 어떤 주점을 지나는데, 반쯤 열린 문 사이로 찻잎들이 기이한 빛을 발하고 있었다. '감자 잎 같군.' 하고 블로흐는 생각했다.

그의 앞에는 단층집이 있었는데, 덧창문들은 갈고리를 걸어 고정시켜 놓았고, 지붕용 기와 위에는 이끼(이것 역시 단어지!)가 덮여 있었으며, 닫힌 문 위에는 '초등학교'라는 글씨가 쓰여 있었다. 뒤쪽 정원에서 누군가가 나무를 패고 있었는데, 학교 일꾼 같았다. 학교 앞에는 나무 울타리가 있었고, 모든 것이 잘 갖춰져 있었다. 컴컴한 교실 안에는 칠판과 지우개, 그 옆으로 분필이 들어 있는 통이 있었고, 바깥벽 창문 아래로 창문 고리에 긁혀 생긴 벽의 반원(半圓)들은 마치 그림을 그려 놓은 듯했다. 보고 들었던 모든 사물이 단어와 일치하는 것 같았다.

교실 안에 있는 석탄 상자의 뚜껑은 열려 있었는데, 상자 속에서는(마치 만우절 농담 같군!) 석탄을 퍼내는 데 이용하는 삽의 손잡이를 볼 수 있었다. 청소하면서 틈새로 흘린 물기가 아직 남아 있는 넓은 판자 바닥도 볼 수 있었다. 잊을 수 없는 것은 벽에 걸린 지도와 칠판 옆 벽에 붙어 있는 세면대와 창문턱 위의 옥수수 잎들이었다. 정말 웃기는 모습들이지! 그는 이러한 만우절 농담 같은 일에 휩싸이고 싶지 않았다.

그는 넓은 원을 그리며 걸어온 것 같았다. 잊고 있었던 문 옆의 피뢰침이 이제 그에게 어떤 힌트처럼 다가왔다. 그는 다시 시작해야 했다. 학교를 지나 뒷마당으로 가서 목조 헛간에 있는 학교 일꾼과 이야기를 하면서 마음이 좀 안정되었다. 목조 헛간, 학교 일꾼, 마당. 이것이 힌트가 되는 단어들이었다. 그는 학교 일꾼이 나무토막을 받침목 위에 세우고 그걸 쪼개려고 도끼를 쳐드는 것을 바라보았다. 블로흐는 그사이 마당으로 와서 학교 일꾼에게 말을 걸었고, 그는 일을 중단하고 대답을 했다. 그다음 나무토막을 쪼개려고 도끼로 내려쳤을 때, 옆을 잘못 찍는 바람에 도끼날이 버팀목에 꽂혀 작은 나뭇조각들이 휘날렸다. 아직 쪼개지 않은 뒤편 나무 더미가 허물어져 내렸다. 또다시 힌트가 되는 단어가 나타난 셈이군! 블로흐가 어두컴컴한 목조 헛간에 있는 학교 일꾼에게 학년 전체에 교실이 이거 하나밖에 없느냐고 물었을 때, 일꾼은 학년 전체에 교실이 이거 하나밖에 없다고 대답할 뿐이었다.

학교 일꾼이 버팀목에다 도끼를 내려놓고 헛간을 나오면서 갑자기, 아이들이 학교를 떠날 때까지 말 한마디 제대로 못 배운다는 사실은 이상한 일이 아니라고 말했다. 그는 학생들이 마지막까지 진정한 자신만의 문장을 한 마디도 말할 수 없고, 거의 모두가 몇몇 단어들로만 이야기할 뿐이라고 했다. 그들이 배운 것은 그저 특별한 논제를 줄줄 외어서 기계적으로 암송하는 것뿐이고, 그걸 넘어 완전한 문장으로 이야기할 능력은 바랄 수가 없다는 것이었다. "사실 그들 모두는, 정도 차이는 있겠지만, 언어 장애자들이에요." 하고 일꾼은 말했다.

무슨 뜻일까? 무슨 목적으로 그런 말을 할까? 그와 무슨 관계가 있기 때문일까? 전혀 아니라고? 그럼 왜 학교 일꾼은 마치 관련이 있는 것처럼 그렇게 행동했을까?

블로흐는 대답을 해야 했으나 아무 대꾸도 하지 않았다. 일단 말하기 시작하면 계속해야 하기 때문이었다. 그래서 그는 잠깐 마당을 돌고는 학교 일꾼을 도와 목조 헛간에서 나무를 팰 때 날아온 나뭇조각들을 주워 모으다가 눈에 띄지 않게 서서히 뒤로 물러나 거리로 빠져 나옴으로써 아무런 방해도 받지 않고 그곳을 떠났다.

그는 운동장을 지나갔다. 수업이 끝난 뒤여서, 축구 선수들이 연습을 하고 있었다. 운동장은 상당히 축축해서 한 선수가 공을 차니 잔디에서 물방울이 튀었다. 블로흐는 한참을 바라보다가 날이 어두워지자 계속해서 걸어갔다.

그는 정거장에 있는 식당에서 비프스테이크를 먹고 맥주도 몇 잔 마셨다. 그리고 밖에 있는 플랫폼으로 가서 벤치에 앉았다. 굽 높은 하이힐의 아가씨가 자갈길을 왔다 갔다 하고 있었다. 철도 사무실에서 전화가 울렸다. 직원이 문에 가 서더니 담배를 피웠다. 누군가 대합실에서 나오더니 곧 멈춰 섰다. 철도 사무실에서 또다시 따르릉 소리가 나더니 누군가 전화 통화를 하듯 큰 소리로 이야기하는 소리가 들렸다. 그사이 날은 어두워졌다.

주위가 대단히 조용해졌다. 여기저기서 담배 피우는 사람들이 보였다. 수도꼭지가 세게 틀어졌다가 곧 다시 잠겼다. 마치 누군가 놀란 것 같았다! 멀리 어둠 속에서 말하는 소리가 들렸다. 비몽사몽 중에 아(a) 또는 이(i) 하고 말하는 것 같이 낭랑한 소리가 들렸다. 누군가 또 아우(au) 하고 외쳤다. 여자가 외친 소리인지, 남자가 외친 소리인지 알 수가 없었다. 아주 멀리서 대단히 뚜렷하게 "무척 지쳐 보이는군요!" 하고 말하는 소리가 들렸다. 선로 사이에서 철도 노동자 한 사람이 머리를 긁고 있는 것이 생생하게 보였다. 블로흐는 졸린 것 같았다.

기차가 한 대 들어오는 것이 보였다. 서너 사람이 내릴지 말지 망설이는 모습으로 내리는 것이 보였다. 마지막으로 술 취한 사람이 내리더니 문을 세게 닫았다. 역무원이 플랫폼에 서서 손전등으로 신호를 보내자 열차는 다시 출발했다.

대기실에서 블로흐는 기차 시간표를 살펴보았다. 이날 출발하는 기차는 더 이상 없었다. 그사이 시간이 많이 지나서 극장에 가도 좋을 것 같았다.

극장 대기실에는 이미 몇 사람이 앉아 있었다. 블로흐도 극장표를 손에 들고 그곳에 가 앉았다. 점점 더 많은 사람이 들어왔다. 여러 가지 소음을 들으면서 마음이 편안해졌다. 블로흐는 극장 앞으로 가서 그곳에 서 있다가 안으로 들어갔다.

영화에서 누군가가 저쪽 멀리 모닥불 옆에 등을 보이고 앉아 있는 어떤 남자를 총으로 쐈다. 그러나 아무 일도 일어나지 않았다. 남자는 쓰러지지 않았고 총을 쏜 사람을 쳐다보지도 않은 채 그대로 앉아 있었다. 어느 정도 시간이 지나자 남자는 옆으로 쓰러져 움직이지 않고 누워 있었다. 이 구식 총은 관통

력이 시원치 않아, 하고 총을 쏜 사람이 그의 동료에게 말했다. 그러나 사실 그 남자는 이미 그전에 죽은 채 모닥불 곁에 앉아 있었던 것이었다.

영화가 끝난 후 블로흐는 두 사람의 젊은이와 함께 자동차를 타고 국경선 근처로 나왔다. 돌멩이 하나가 바퀴에 부딪혔다. 뒤에 앉아 있던 블로흐는 다시 한 번 정신이 번쩍 들었다. 마침 월급날이어서 그런지 술집에 빈자리가 없었다. 그는 어딘가에 끼어 앉았다. 여주인이 와서 그의 어깨를 만졌다. 그는 무슨 뜻인지 눈치채고 식탁에 앉아 있는 모두를 위해 화주를 한 잔씩 주문했다.

그는 계산하기 위해 접힌 지폐 한 장을 식탁 위에 내놓았다. 옆에 앉아 있던 누군가가 지폐를 펴면서, 이 지폐 안에 또 다른 지폐가 숨겨져 있을지 모른다고 말했다. 블로흐는 설마 그럴 리가 하면서 지폐를 접어 놓았다. 젊은이는 지폐를 다시 펼치고 그 위에 재떨이를 올려놓았다. 블로흐는 재떨이 안에 손을 넣어 담배꽁초를 집어 들어서는 젊은이의 얼굴로 집어 던졌다. 누군가가 그의 뒤에서 의자를 끌어당기는 바람에 그는 엉덩방아를 찧으면서 식탁 아래에 주저앉았다. 블로흐는 벌떡 일어나 자기 의자를 끌어당긴 젊은이의 가슴을 팔꿈치로 한 대 쳤다. 젊은이는 벽으로 넘어졌다. 숨을 쉴 수가 없어서인지 끙끙 신음 소리를 냈다. 몇 사람이 블로흐의 양팔을 등으로 비틀어 올려 문 밖으로 밀어냈다. 그는 넘어지지 않고 비틀거리다가 곧 다시 안으로 들어왔다.

그는 자신의 지폐를 펼쳤던 젊은이에게로 돌진해 갔다. 그러나 뒤에서 발길질을 당하고는 젊은이와 함께 식탁으로 쓰러졌다. 쓰러지면서 블로흐는 젊은이를 마구 쥐어박았다.

누군가가 그의 다리를 붙잡고 끌어당겼다. 블로흐가 그의 갈비뼈를 한 대 갈기자, 그가 다리를 놓았다. 다른 사람들이 블로흐를 붙잡고 밖으로 질질 끌고 나갔다. 길거리에서 그들은 블로흐의 뒤에서 목을 조르기도 하고, 그를 이리저리 끌고 다니기도 했다. 그러다가 세관 초소 앞에 서서 그의 머리로 초인종을 누른 후 가 버렸다.

세관원이 밖으로 나와 블로흐가 서 있는 것을 보고는 다시 안으로 들어가 버렸다. 블로흐는 젊은이를 뒤쫓아 가 뒤에서 넘어뜨렸다. 그러자 다른 사람들이 그에게 덤벼들었다. 블로흐는 옆으로 피했지만, 그중 한 사람이 머리로 그의 배를 들이받았다. 술집에서 몇 사람이 뒤따라 나왔다. 누군가가 그의 머리 위로 외투를 던졌다. 그는 무릎으로 외투를 걷어찼으나, 두 번째 사람이 소매로 조여 매고 있었다. 이제 그들은 그를 두들겨 패서 쓰러뜨려 놓고 재빨리 술집 안으로 들어가 버렸다.

블로흐는 외투를 풀고 그들을 뒤쫓아 갔다. 한 사람이 몸을 돌리지 않은 채 서 있었다. 블로흐는 그를 향해 달려갔다. 그 순간 젊은이가 다시 걸어가자, 블로흐는 그대로 바닥에 엎어졌다.

그는 곧 일어나서 술집으로 들어갔다. 무슨 말을 하고 싶었지만, 혀를 움직이자 입에서 피거품이 나왔다. 그는 식탁에 앉아 손짓으로 마실 것 좀 갖다 달라고 했다. 식탁에 앉아 있는 다른 사람들은 전혀 그에게 신경을 쓰고 있지 않았다. 여종업원이 그에게 잔 없이 맥주 한 병을 갖다 주었다. 그는 작은 파리들이 식탁 위를 이리저리 날아다니는 걸 보았다고 생각했으나, 그것은 담배 연기였다.

그는 맥주병을 손으로 들 수 없을 정도로 기운이 쭉 빠져 있었다. 그래서 그는 맥주병을 양손으로 움켜쥐고 높이 치켜들지 않으려고 허리를 숙였다. 그의 양쪽 귀는 너무 예민해져서, 잠시 동안은 옆에서 식탁에 메뉴판을 놓는 소리가 무언가 쿵 하고 파열하는 소리로 들렸고, 계산대 옆에 있는 스펀지가 설거지 그릇에 조용히 떨어지는 소리는 철썩하고 큰 소리를 내며 낙하하는 소리로 들렸고, 여주인의 아이가 맨발에 나무 슬리퍼를 신고 객실을 걸어가는 소리가 덜커덩덜커덩하는 큰 소리로 들렸으며, 유리잔에 포도주를 따르는 소리가 콸콸하는 큰 소리로 들렸고, 뮤직 박스에서는 연주가 아니라 시끄러운 소음이 울려 퍼지는 듯했다.

그는 어떤 부인이 겁에 질린 듯 소리 지르는 것을 들었다. 그러나 술집에서는 부인이 소리를 지를 만큼 공포스러운 일이 일어나지 않았다. 다만 부인은 소음 때문에 날카롭게 소리를 지른 것이었고, 블로흐는 그 소리에 화가 났다.

다른 개체들도 점점 의미를 잃어 가고 있었다. 빈 맥주병 속에 든 거품도 담뱃갑처럼 그에게 의미가 없었다. 그 담뱃갑은 마침 옆에 있던 어떤 젊은이가 너무 넓게 찢어 놓아서 손톱으로 담배 한 개비를 끄집어낼 수 있을 정도였다. 사이가 벌어진 마룻바닥 틈새 곳곳에 끼어 있는 타다 남은 성냥개비들 역시 더 이상 그의 정신을 쏠리게 하지 않았다. 그리고 창문틀의 접합제에 찍힌 손톱자국들도 그와는 아무런 관련이 없는 것으로 여겨졌다. 모든 것이 냉정해져서 다시금 자기 자리를 잡고 서 있었다. '마치 평화로움 속에서처럼.' 하고 블로흐는 생각했다.

뮤직 박스 위에 놓인 들꿩 박제에 대해서도 더 이상 어떠한 생각을 할 필요가 없었다. 방 천장에 잠들어 있는 파리들도 아무런 의미가 없었다.

어떤 젊은이가 손가락으로 머리를 빗질하는 게 보였고 여자들이 춤추기 위해 뒤로 가는 것이 보였고 젊은이들이 일어서서 웃옷 단추를 잠그는 것이 보였고 카드 섞는 소리도 들렸지만, 그런 것이 이제는 아무 상관없었다.

블로흐는 피곤했다. 그러나 피곤해질수록 모든 것이 선명하게 인식되었고, 뚜렷하게 구별되었다. 그는 누군가 밖으로 나갈 때마다 문이 항상 열려 있고 그러면 다른 누군가가 일어서서 문을 다시 닫는 것을 보았다. 너무 피곤해서 그런지 대상을 있는 그대로, 대상들 가운데서도 마치 윤곽만 존재하는 듯 윤곽을 우선 보았다. 그는 모든 것을 이전처럼 단어로 옮기거나 언어유희로 파악하지 않고 직접 보고 들었다. 그는 모든 것을 자연스럽게 받아들이는 그러한 상태에 있었다.

조금 있다가 여주인이 그의 곁에 와 앉았다. 그는 아주 자연스럽게 그녀에게 팔을 뻗쳤는데 그녀는 그것을 이상하게 여기지도 않았다. 그는 대수롭지 않다는 듯이 동전 몇 개를 뮤직 박스에 던져 넣고, 곧 여주인과 춤을 추었다. 그는 그녀가 말할 때마다 꼭 그의 이름을 같이 말한다는 것을 알아차렸다.

그가 다른 손을 내밀어 여종업원의 손을 잡는 것을 보아도 아무 일이 없었고, 두꺼운 커튼도 전혀 특별한 것이 아니었으며, 점점 더 많은 사람들이 술집에서 나가는 것도 자연스럽게 여겨졌다. 그들이 밖에 나가 길 위에서 소변을 보고 계속 걸어가는 발자국 소리가 편안하게 들렸다.

술집은 더욱 조용해져서, 뮤직 박스에서 나오는 음악 소리도 아주 잘 들렸다. 음반이 바뀌는 동안 사람들은 낮은 소리로 대화를 하거나 아니면 거의 숨을 죽이고 있었다. 그러다가 바뀐 음반에서 노래가 흘러나오면, 다시 가볍게 긴장이 풀렸다. 블로흐는 이러한 일들이 항상 반복되는 것이라고 말할 수 있다는 생각이 들었다. 그림엽서에 쓰는 그런 일상적인 일이지, 하고 생각했다. "저녁에 술집에 앉아 음반에서 흘러나오는 노래를 듣는다." 그는 점점 더 피곤해졌고, 밖에서는 사과나무에서 열매들이 떨어지는 소리가 들렸다.

손님들이 다 떠나고 블로흐만 남았을 때, 여주인은 부엌으로 갔다. 블로흐는 앉아서 음반이 끝날 때까지 기다렸다. 그가 뮤직 박스를 끄자, 이제는 부엌에서만 불이 비치고 있었다. 여주인은 식탁에 앉아 계산을 하고 있었다. 블로흐는 손에 맥주잔 받침대를 들고 그녀에게 다가갔다. 그녀는 그가 홀에서 나오는 것을 쳐다보다가, 그녀에게로 다가오는 동안 그를 마주 바라보았다. 한참 후에 그는 맥주잔 받침대를 들고 있는 것이 생각났다. 그는 그녀가 보기 전에 그것을 재빨리 숨기려고 했다. 그러나 여주인은 이미 멀리서 그가 들고 있는 맥주잔 받침대를 보고서 그것으로 뭘 하려는 것인지, 혹 자신이 계산해서는 안 될 것을 잘못 계산해서 그런 건지 물었다. 블로흐는 받침대를 내려놓고 여주인 옆에 앉았는데, 동작을 하나하나 자신 있게 하지 못하고, 매 행동을 주저하면서 했다. 그녀는 계속 돈을 세면서 그와 이야기를 했고, 그러고 나서 돈을 치웠다. 블로흐는 받침대를 깜박 잊고 손에 들고 있었으며, 별다른 의미는 전혀 없었다고 말했다.

그녀는 그에게 식사나 같이 하자고 하면서 나무 쟁반을 그의 앞에 갖다 놓았다. 그가 "나이프가 하나 부족한데." 하고 말하자, 그녀는 나이프를 쟁반 옆에 갖다 놓았다. 그녀는 마침 비가 오기 시작하는 것 같으니 마당에 널어놓은 빨래를 걷어 와야겠다고 했다. 그는 비가 오는 게 아니라 바람이 불어서 나뭇가지가 흔들리는 소리라며 그녀의 말을 정정했다. 그러나 그녀는 벌써 밖으로 나갔다. 그리고 열어 둔 문으로 정말 비가 오는 것이 보였다. 그는 그녀가 돌아오는 것을 보고 셔츠 하나가 떨어졌다고 소리쳤다. 그러나 그것은 이미 전부터 입구 옆에 깔아 놓았던 마룻바닥 깔개였다. 그녀가 식탁에 촛불을 켰을 때, 손에 든 초를 약간 기울여서 들고 있었기 때문에 접시 위로 촛농이 흘러내리는 것이 보였다. 촛농이 깨끗한 접시에 떨어지자, 그가 "조심해요." 하고 말했다. 그러나 그녀는 흘러내린 촛농 위에 초를 세우려고 한참동안 누르고 있었다. "나는 당신이 초를 접시 위에 세우려고 그랬다는 걸 몰랐소." 하고 블로흐가 말했다. 그녀가 의자 없는 곳에 앉으려고 자세를 취하자, 블로흐는 "조심해요!" 하고 소리를 질렀다. 그러나 그녀는 쪼그리고 앉아 아까 돈을 계산할 때 떨어뜨렸던 동전 하나를 식탁 아래서 집어 들었다. 어린애를 보기 위해 그녀가 침실로 갔을 때, 그는 어디 가느냐고 물었고, 심지어 식탁에서 잠시 자리를 떴을 때도 어디를 가려고 하는지 큰 소리로 물었다. 그녀는 부엌 찬장 위에 있는 라디오를 켰다. 라디오에서 음악이 울리는 동안 그녀가 이리저리 왔다 갔다 하는 것을 보는 것은 기분 좋은 일이었다. 어느 영화에서인가 라디오를 켰을 때 방송 프로가 곧 중단되고 지명 수배서가 전달되는 장면이 생각났다.

그들은 식탁에 앉아 이야기를 주고받았다. 블로흐는 자신이 무엇인가 진지한 이야기를 주고받는 능력이 부족하다는 생각이 들었다. 그가 농담을 해도 여주인은 그가 말한 것을 글자 그대로 받아들였다. 그는 그녀의 블라우스에 축구 운동복처럼 줄무늬가 있다고 말한 뒤 이야기를 계속하려고 했는데, 그녀는 비난하는 걸 보니 블라우스가 마음에 들지 않는 것이냐고 그에게 물었다. 그건 단지 농담이었다고 말해도, 또 블라우스가 그녀의 하얀 피부와 아주 잘 어울린다고 말해도 소용이 없었다. 그녀는 자기 피부가 너무 창백해서 그러냐고 또 물었다. 그는 부엌이 도시의 부엌과 거의 같게 꾸며져 있다고 농담으로 말했다. 그러나 그녀는 왜 '거의'라는 말을 쓰느냐고 물었다. 도시 사람들이 부엌을 더 깨끗하게 사용한다는 뜻이냐고 했다. 심지어 블로흐가 소유주의 아들에 대해 농담을 했을 때도(그는 그녀에게 무슨 좋은 제안을 했다고 했다.), 그녀는 그것을 글자 그대로 받아들여서, 소유주의 아들은 한가한 사람이 아니라고 말했다. 그는 진심으로 말한 것은 아니라고 비유적으로 설명했지만, 그녀는 비유를 곧이곧대로 받아 들였다. "전혀 그런 뜻으로 말한 것은 아니었는데." 하고 블로흐가 말했다. "그래도 그렇게 말한 이유가 있을 것 아녜요." 하고 여주인은 대답했다. 블로흐는 웃었다. 여주인은 왜 놀리느냐고 물었다.

안쪽 침실에서 어린애가 부르는 소리가 들렸다. 그녀가 안으로 들어가 아이를 달래고 되돌아왔을 때, 블로흐는 일어섰다. 그녀는 그의 앞에 서서 잠시 그를 쳐다보았다. 그러고는 혼자 무슨 말인가를 했다. 그녀가 너무 가깝게 서 있어서 블로흐는 대답할 수가 없어 한 걸음 뒤로 물러섰다. 그녀는 따라오지는 않았지만 이야기하는 것은 중단했다. 블로흐는 그녀를 붙잡으려고 했다. 그래서 그가 손을 움직이자, 그녀는 옆을 바라보았다. 블로흐는 손을 내리고 마치 장난하려고 했던 것처럼 행동했다. 여주인은 식탁의 다른 쪽에 가서 앉아 이야기를 계속했다.

그는 무엇인가를 말하려고 했으나, 무엇을 말하려 했는지 생각이 나지 않았다. 생각해 내려고 애를 썼지만 무엇 때문에 그랬는지 생각이 나질 않았다. 다만 구토와 관련이 있는 것 같았다. 여주인의 손 움직임도 이전과는 좀 달라 보인다는 생각이 들었다. 그것이 무엇인지는 역시 생각나지 않았지만 무언가 수치심과 관련이 있는 것 같았다. 그가 동작이나 대상들에서 이해하는 것은 동작이나 대상물에 대한 기억이 아니라, 그때의 감각이나 감정에 대한 기억이었다. 그리고 그 감정을 과거의 것으로 기억하는 것이 아니라, 현재의 것으로 다시 체험하는 것이었다. 머릿속에서 수치심이나 구토의 대상을 기억하는 것이 아니라, 지금 현재 수치심과 욕지기를 느끼는 것이다. 구토와 수치심, 이 둘은 너무 강렬해서 온몸이 근질근질하기 시작했다.

밖에서 무슨 금속 같은 것이 창유리를 두들기는 소리가 났다. 무슨 소리냐는 그의 질문에 여주인은 피뢰침의 철사가 헐거워져서 그런 것 같다고 대답했다. 이미 학교에서도 피뢰침을 본 적이 있는 블로흐는 이 반복 현상에 무슨 의도가 있는 것으로 생각했다. 두 번씩이나 피뢰침을 잇달아 만난 것은 결코 우연이랄 수 없었다. 어쨌든 그에게는 모든 것이 유사하게 여겨졌다. 그는 모든 대상들을 잇달아 기억하고 있었다. 피뢰침이 반복해서 나타난 것은 무슨 의미일까? 그는 피뢰침에서 무엇을 알아채야 할까? '피뢰침?' 또 다시 그냥 단순한 언어유희일까? 그에게 아무런 일도 일어나지 않을 것이라는 것을 뜻하는 것일까? 아니면 여주인에게 모든 것을 이야기해야 한다는 것을 뜻하는 것일까? 그런데 저기 나무 접시 위의 비스킷들은 왜 물고기 모양을 하고 있을까? 그들은 무엇을 암시하고 있는 것일까? 그도 '물고기처럼 침묵'해야 할까? 더 이상 이야기해서는 안 된단 말인가? 나무 접시 위의 비스킷들은 그런 것을 의미하고 있는 것일까? 그것은 마치 그가 그 모든 것을 직접 보지 않고 어디선가 행동 규칙들이 적힌 벽보를 읽어서 알게 된 것 같았다.

그렇다. 그것은 행동 규칙들이었다. 수도꼭지 위에 놓인 설거지용 행주가 그에게 무엇인가를 명령하는 것 같았다. 그동안 깨끗하게 청소가 된 식탁 위에 놓인 맥주병 뚜껑 역시 그에게 무엇인가를 요구하는 것 같았다. 모두가 함께 참여하는 것 같았다. 그는 도처에서 이것은 하라, 저것은 하지 마라 하는 요구를 보는 것 같았다. 그에게는 모든 것이 미리 작성되어 있는 것 같았다. 양념 통이 놓인 선반, 방금 끓인 잼을 담아 놓은 유리 그릇들이 놓인 선반…… 그런 것이 반복되었다. 블로흐는 얼마 전부터 혼잣말은 더 이상 하지 않는다는 것을 알았다. 여주인은 설거지통 옆에 서서 떨어진 빵 부스러기를 받침 접시에 모으고 있었다. 그녀는 "자기 뒤처리는 잘하고 다녀야지." 하고 말했다. 블로흐는 식탁 서랍을 열어 수저를 꺼낸 후 다시 닫는 법이 없었고, 읽던 책도 펼친 채 그대로 두었으며, 웃옷을 벗을 때도 항상 떨어뜨리기 일쑤였다.

블로흐는 모든 것을 깨끗하게 정리하지 못하고 떨어뜨리는 버릇이 있다고 대답했다. 예를 들어 손에 든 재떨이를 떨어뜨리는 일도 다반사라고 했다. 그가 재떨이를 손에 들고 있는 것은 보기 드문 놀라운 일이라고 했다. 그는 일어나서 재떨이를 자기 앞에 갖다 놓았다. 여주인은 그를 쳐다보았다. 그는 잠시 재떨이를 보다가 그것을 치웠다. 반복되는 주변의 암시를 미리 처리하기 위해 블로흐는 자신이 한 말을 반복했다. 그리고 어쩔 줄 몰라 하며 다시 한 번 반복했다. 그는 여주인이 팔을 설거지통 위로 흔들어 대는 것을 보았다. 그녀는 사과 한 조각이 소매 속으로 들어가서 나오려 하질 않는다고 말했다. 나오려 하질 않는다고? 블로흐는 그녀의 말을 따라하면서 동시에 소매를 털었다. 모든 것을 따라하면 자신이 편해질 것이라고 생각했다. 그녀도 그것을 눈치 채고 그가 자기를 따라하도록 시범을 보였다.

그와 동시에 그녀는 케이크 상자가 놓여 있는 냉장고 근처로 갔다. 블로흐는 그녀를 바라보았다. 그는 그녀가 자기 흉내를 내면서 몰래 케이크 상자를 만지는 것을 보았다. 좀 더 유심히 그녀를 쳐다보고 있노라니까, 그녀는 다시 한 번 팔꿈치로 뒤에서 상자를 밀었다. 그러자 케이크 상자는 미끄러져서 냉장고의 둥근 가장자리 위로 천천히 기울어졌다. 블로흐는 그것을 붙잡을 수 있었지만, 바닥으로 떨어지는 것을 그냥 보고만 있었다.

여주인이 상자를 향해 허리를 구부리는 동안, 그는 이리저리 걷다가 들어와, 서 있던 곳에서 의자나 화덕 위의 라이터나 식탁 조리대 위의 달걀 그릇 같은 물건들을 구석으로 밀어 놓았다. "이 정도면 다 정리된 거요?" 하고 그가 물었다. 그는 자기가 그녀로부터 그런 질문을 받기 원했기 때문에 그렇게 질문해 보았다. 그러나 그녀가 대답하기 전에 밖에서 유리창을 두드리는 소리가 났다. 피뢰침 철사가 창을 두드리는 소리는 아니었다. 블로흐는 그것을 이미 좀 전부터 알고 있었다.

여주인은 창을 열었다. 밖에는 세관원이 서 있었다. 그는 마을에 있는 집으로 가는데 우산을 하나 빌려 달라고 했다. 블로흐는 자신도 같이 갈 수 있겠다는 생각이 들어, 여주인에게 창틀의 작업복 바지 아래 걸린 우산을 달라고 했다. 그는 다음 날 그것을 가져오겠다고 약속을 했다. 그가 우산을 가져오지 않는다 해도 무슨 큰일이 일어날 리는 없었다.

거리에서 그는 우산을 폈다. 빗방울이 후드득 소리를 내며 쏟아지고 있어서, 그는 그녀가 무엇이라고 말하는 것을 듣지 못했다. 세관원은 벽을 따라 우산 아래로 뛰어 들어와 같이 출발했다.

몇 걸음 걸어가다 보니, 술집의 불빛이 꺼져 주위가 완전히 어둠에 잠겼다. 너무 어두워서 블로흐는 손을 눈앞에 대고 걸었다. 그들이 막 지나온 벽 뒤에서 블로흐는 소들이 코를 씩씩거리며 숨 쉬는 소리를 들었다. 무엇인가가 그의 옆을 지나갔다. 길가의 나뭇잎이 바스락거렸다. "어, 고슴도치를 밟은 것 같네!" 하고 세관원이 큰 소리로 말했다.

블로흐는 그가 어떻게 어둠 속에서 고슴도치를 보았는지 물었다. 세관원은 대답했다. "그것이 내 직업이에요. 움직임을 보거나 소리를 들으면, 그 움직임이나 소리의 대상을 알 수 있어야 합니다. 심지어 망막 밖에서 움직이는 대상도 알 수 있어야 하지요. 예, 비록 색깔이란 망막의 한가운데서만 완전하게 볼 수 있는 것이지만, 색깔을 알아내는 것도 가능해야 합니다." 그러는 사이 그들은 국경선 근처에 있는 집들을 지나 개천가에 있는 지름길로 함께 걸어갔다. 길에는 모래가 깔려 있어서 좀 밝아 보였고, 더욱이 블로흐는 어둠에 익숙해지기도 했다.

"우리는 최근에 좀 한가한 편이예요." 하고 세관원이 말했다. "국경선 부근에 지뢰가 부설되면서부터 밀수가 없어졌어요. 그래서 긴장감도 없어지고, 피곤해지고, 더 이상 집중해서 일할 필요가 없어졌어요. 그래도 일단 무슨 일이 발생하면, 즉시 반응을 해야 하는데."

블로흐는 무엇인가가 앞으로 달려 나와 세관원 뒤를 따르는 것을 보았다. 개 한 마리가 그의 옆을 지나갔던 것이다.

"길에서 모르는 사람을 마주쳤을 때, 처음에는 어떻게 그를 파악해야 할지 알 수가 없어요. 처음엔 제대로 알 수가 없죠. 올바로 알려면, 상대를 잘 관찰하고 있어야 합니다. 상대는 그에 대항할 준비를 하고 있다가 도망을 가 버리니까요." 도망이라니? 블로흐는 옆에서 같이 우산을 쓰고 있는 세관원의 숨소리를 들었다.

그의 뒤에서 모래 밟는 소리가 들렸다. 그는 몸을 돌려서 개가 한 마리 오는 것을 보았다. 그들은 계속 걸어갔다. 개도 같이 따라오면서 그의 다리 사이 냄새를 맡곤 했다. 블로흐는 멈춰서 개울가에 서 있는 개암나무의 가지를 꺾어 그걸로 개를 쫓아 버렸다.

"마주 서 있을 때는." 하고 세관원은 계속했다. "상대방의 눈을 보는 것이 중요합니다. 그가 달아나기 전에 두 눈이 보는

쪽은 그가 가고자 하는 방향을 암시합니다. 그와 동시에 그의 두 발을 주시하고 있어야 합니다. 어느 쪽 발로 서 있는가? 서 있는 발의 방향으로 뛰어가기 마련이죠. 그러나 속이고 다른 방향으로 달려가려면, 달리기 전에 서 있던 발의 방향을 바꾸어야 하고, 그러려면 시간이 걸리기 때문에 그사이 그를 붙잡을 수 있는 거죠." 블로흐는 물 흐르는 소리가 들리는 개울로 시선을 돌렸지만, 들여다보지는 않았다. 덤불 속에서 커다란 새 한 마리가 날아갔다. 닭장 속에서 닭들이 발로 바닥을 긁어 대고, 부리로 판자벽을 쪼아 대는 소리가 들렸다. "사실 무슨 규칙 같은 것은 없어요." 하고 세관원이 말했다. "그가 상대의 반응을 살피듯이, 상대도 그를 똑같이 관찰하기 때문에 늘 불리한 입장입니다. 사람이란 항상 반응하기 마련입니다. 만약 그가 달아나기 시작한다면, 이미 첫발을 뗀 후 곧 방향을 바꿀 것입니다. 그러니까 잘못 서 있었던 셈이 되는 거죠."

그러는 사이 다시 아스팔트 길로 나온 그들은 마을 입구까지 와 있었다. 그들은 여기저기 길 위에까지 날아온, 비에 젖은 톱밥 위를 걸어갔다. 블로흐는 다르게 해석하는 것을 막기 위해 한 문장으로 설명할 수 있는 것을 그렇게 자세히 이야기하는 것이냐고 세관원에게 물었다. '그는 마치 외워서 말하는 것 같아!' 하고 블로흐는 생각했다. 그의 편에서 보면 사실 한마디 말로도 충분한 것을 아주 장황하게 이야기한다고 말하자, 세관원은 그것이 아주 당연한 일이라고 했다. 그래서 블로흐는 그에게 무슨 뜻으로 그러느냐고 물었다. 그러고 보니 세관원이 조금 전에 말했던 것은 문자 그대로 그런 뜻으로 이야기한 것 같았다. 마을 중앙에서 그들은 댄스 교습에 참가했던 사람들을 만났다. '댄스 교습?' 이 말은 무엇을 암시하고 있는 것일까? 한 아가씨는 지나가면서 '핸드백' 속에서 무엇인가를 찾고 있었고, 다른 아가씨는 '목'이 긴 부츠를 신고 있었다. 목이란 말은 무엇을 생략한 것일까? 그는 뒤에서 핸드백이 찰카닥하고 닫히는 소리를 들었다. 하마터면 그는 그 소리에 반응해 우산을 접을 뻔했다.

둘은 함께 우산을 쓰고 세관원이 사는 공영주택까지 걸어갔다. "지금까지 나는 세를 내고 살았지만, 이제는 내 집 마련을 위해 저축을 합니다."라고 세관원은 이미 계단을 올라가면서 말했다. 블로흐도 같이 들어갔다. "술이나 한잔 같이 할까요?" 블로흐는 거절하고 그냥 서 있었다. 세관원이 올라가고 있는데 불이 꺼졌다. 블로흐는 아래쪽 우편함에 몸을 기대고 서 있었다. 하늘에는 비행기 한 대가 날아가고 있었다. "우편 비행기군!" 하고 세관원이 어둠 속에서 아래를 향해 큰 소리로 말하고, 전기 스위치를 눌렀다. 스위치 누르는 소리가 꽤 크게 들렸다. 블로흐는 재빨리 밖으로 나와 버렸다. 여관에 돌아온 그는 단체 여행객들이 들이닥쳐 볼링장에서 야전침대를 이용해 숙박하고 있다는 이야길 들었다. 그래서 그런지 오늘은 그곳이 조용했다. 블로흐는 이러한 사정을 이야기해 준 아가씨에게 같이 위로 올라가겠냐고 물었다. 아가씨는 오늘은 그럴 수 없다고 정색을 하면서 대답했다. 나중에 그는 방에서 그녀가 복도를 따라 걸어와서 그의 방문 앞을 지나가는 소리를 들었다. 비가 온 탓에 방은 마치 젖은 톱밥을 뿌려 놓은 것처럼 너무 추웠다. 그는 우산 꼭지를 세면기에 꽂아 세워 놓고 옷을 입은 채 침대로 들어갔다.

블로흐는 졸음이 왔다. 그는 두어 번 피곤한 몸짓을 하면서 대수롭지 않은 척했으나 바로 그 때문에 점점 더 졸음이 왔다. 낮에 했던 몇 가지 말이 다시 머리에 떠올랐다. 그는 숨을 내쉬면서 거기서 벗어나고자 했다. 그러자 그는 잠이 드는 것을 느꼈다. '작문의 마지막 같군.' 하고 그는 생각했다. 꿩들이 불빛 속을 날아갔다. 몰이꾼들은 옥수수밭을 수색하며 다녔다. 여관 종업원이 잡동사니 넣어 두는 방에 서서 그의 여행 가방에 분필로 방 번호를 적고 있었다. 잎이 떨어진 가시나무 덤불에는 제비와 달팽이들이 많았다.

그는 점차로 잠이 깨면서 옆방에서 누군가가 숨을 쉬며 내는 소리와 그 리듬에 따라 자신이 반수면 상태에서 들숨과 날숨 사이에 생기는 휴지(休止) 때마다 '그리고'로 연결되는 문장을 짓고 있다는 사실을 알게 되었다. 군인들은 외출용 신사 구두를 신고 극장 앞에 서 있었다. 그리고 성냥갑은 담뱃갑 위에 놓여 있었다. 그리고 텔레비전 위에는 꽃병이 하나 놓여 있었다. 그리고 모래 실은 화물차 한 대가 먼지를 휘날리며 버스 옆을 지나갔다. 그리고 손을 들어 자동차를 정지시키면서 걸어가는 사람은 다른 손에 포도 한 송이를 들고 있었다. 그리고 문 앞에서 누군가가 "문 좀 열어 주세요!" 하고 말하고 있었다.

"문 좀 열어 주세요!" 하는 문장의 마지막 단어들은 아주 작은 소리로 들린 반면, 말하는 사람의 숨소리는 보다 크게 들려 전혀 어울리지 않았다. 그는 잠에서 깼다. 누군가가 또다시 문을 두들기며 "문 좀 열어 주세요!" 하고 말했다. 그는 비가 그치는 바람에 잠이 완전히 깼다.

그는 급히 일어났다. 침대의 스프링은 원래 상태로 되돌아갔다. 문 앞에는 객실 여종업원이 아침 식사 쟁반을 들고 서 있었다. 그는 아침 식사를 시키지 않았다고 했다. 그러자 그녀는 미안하다고 말하고 건너편 방문을 두들겼다.

　다시 방에 혼자 있게 되자, 그는 모든 것의 위치가 바뀐 것을 발견했다. 그는 수도꼭지를 틀었다. 거울에 있던 파리 한 마리가 세면기 안으로 떨어져 물에 쓸려 사라졌다. 그는 침대에 앉았다. 의자는 그의 오른쪽에 있었는데, 지금은 그의 왼쪽에 세워져 있었다. 풍경이 좌우로 바뀐 걸까? 그는 풍경을 왼쪽에서 오른쪽으로 바라보다가, 그다음에는 오른쪽에서 왼쪽으로 바라보았다. 그는 왼쪽에서 오른쪽으로 바라보는 일을 반복했다. 이렇게 바라보는 일은 그에게 독서처럼 여겨졌다. 그는 '옷장'을 보았고, '그다음은' '하나의' '작은' '책상을', '그다음은' '하나의' '휴지통을', '그다음은' '하나의' '벽 커튼을' 보았다. 반대로 오른쪽에서 왼쪽으로 바라보는 눈길에는 하나의 ⊣, 그 다음에는 ⊓, 그 밑에는 ▯, 그 옆에는 ⊔, 그 위에는 그의 ⌂이 보였다. 그리고 주변을 둘러보았을 때 그는 ⊟을, 그 옆으로 Ⓓ 그리고 ⊙를 보았다. 그는 ∟ 위에 앉았고, 그 아래 ●━, 그 옆에 ━▭이 놓여 있었다. 그는 ⊞ ⊞⊞으로 걸어갔다.

블로흐는 커튼을 끌

어당겨서 닫고 밖으로 나왔다.

　아래쪽 객실에는 단체 여행객들이 가득했다. 주인은 블로흐에게 그의 어머니가 커튼을 치고 텔레비전 앞에 앉아 있는 옆방을 가리켰다. 주인은 커튼을 걷고 블로흐 옆에 와 섰다. 블로흐는 그가 자기 왼쪽에 서 있는 것을 보았다. 그다음 다시 보았을 때에는 반대쪽에 있었다. 블로흐는 아침 식사를 주문했고, 신문 좀 달라고 했다. 주인은 여행사 손님들이 읽고 있을 것이라고 대답했다. 블로흐는 손가락으로 자기 얼굴을 쓰다듬었다. 뺨이 무감각하게 느껴졌다. 몹시 싸늘했다. 파리들이 천천히 바닥을 기어 다니고 있어서 처음에는 딱정벌레로 잘못 보았다. 창문턱으로부터 벌 한 마리가 날아올랐다가 곧 떨어져 버렸다. 밖의 사람들은 물웅덩이들 사이를 뛰어서 건너갔다. 그들은 두툼한 쇼핑백을 들고 있었다. 블로흐는 아무 때나 자신의 얼굴을 쓰다듬곤 했다.

　주인은 식사 쟁반을 들고 안으로 들어와 신문은 아직 여행객들이 본다고 말했다. 그가 아주 작은 소리로 말했기 때문에 블로흐도 똑같이 작은 소리로 "급한 건 아니오." 하고 속삭이듯 대답했다. 햇살이 비쳐 들자 텔레비전 화면에 먼지가 끼어 있는 게 보였고, 학생들이 지나가면서 들여다보는 창문도 비쳐 보였다. 블로흐는 아침을 먹으면서 텔레비전에서 하는 영화에 귀를 기울였다. 주인의 어머니는 힘들어 하면서 이리저리 걸어다녔다.

　그는 밖에서 신문이 가득 든 운반용 자루가 있는 판매대를 보았다. 그는 밖으로 나가서 자루 옆에 있는 동전 투입구에 동전을 넣고 신문을 한 장 뽑았다. 신문을 넘기는 데는 숙달이 되었기 때문에 그는 안으로 들어오면서 벌써 자신의 기사를 읽고 있었다. 그가 버스에서 주머니의 동전을 잃었기 때문에 어떤 부인의 눈에 띄었다는 기사였다. 그녀는 허리를 숙여 그 것이 미국 동전임을 확인했다고 했다. 후에 그녀는 죽은 여자 매표원 곁에서도 같은 동전이 발견되었다는 것을 알았다고 했 다. 사람들은 처음에 그녀의 진술을 진지하게 받아들이지 않 았지만, 그녀의 진술이 죽은 여자 매표원의 남자 친구가 한 진 술과 일치한다고 했다. 그 남자 친구는 살인 사건이 일어나기 전날, 매표원을 자동차로 데리러 갔을 때 극장 근처에 한 남자 가 서 있는 것을 봤다고 했다.

블로흐는 다시 옆방으로 가서 앉아 부인의 진술에 따라 그 려진 자신의 그림을 보았다. 그의 이름을 아직 알아내지 못한 것일까? 이 신문은 언제 인쇄된 것일까? 그는 그것이 통상 전 날 저녁에 이미 인쇄된 초판이라는 것을 알았다. 제목과 그림 이 마치 신문에 붙여 놓은 것처럼 보였다. 그는 영화에 나오는 신문지들 같다고 생각했다. 영화에서는 진짜 제목들이 영화에 적합한 제목들로 대치되거나 혹은 오락난에 인쇄될 수 있는 제목들로 모습이 바뀔 수 있었다.

신문 가장자리에 써 놓은 낙서는 첫 글자가 대문자인 'Stumm(슈툼)'이라는 단어로 판독되었다. 그래서 사람들은 그 것이 고유명사라고 생각했다. 슈툼이란 사람과 이 사건은 관 계가 있는 걸까? 블로흐는 여자 매표원과 자신의 친구인 축구 선수 슈툼에 대해 이야기했던 생각이 떠올랐다.

종업원 아가씨가 식탁을 청소하는데도 블로흐는 신문을 보 고 있었다. 그는 집시가 석방되었고, 벙어리 학생의 죽음은 단순한 사고였다는 기사도 보았다. 신문에는 기사와 관련해 학급 사진이 한 장 실려 있었다. 학생 혼자 사진 찍은 적이 없기 때문이라고 했다.

여관 주인의 어머니가 등을 기대고 앉았던 안락의자에서 쿠션이 바닥으로 떨어졌다. 블로흐는 그것을 집어 준 다음 신문을 들고 밖으로 나왔다. 그는 카드놀이용 식탁 위에 여관 안내서가 놓여 있는 것을 보았다. 단체 여행객들은 그사이 출발해 버렸다. 신문은 주말판을 포함한 것이라 너무 두꺼워서 신문 걸이에 다 걸리지 않았다.

자동차 한 대가 헤드라이트를 끈 채로 그의 옆을 지나가는 것을 — 날씨는 아직 밝았지만 — 이유도 없이 의아하게 생각했다. 특별한 사건은 없었다. 그는 과수원에서 상자에 든 사과들이 자루 속으로 쏟아지는 것을 보았다. 그를 앞지른 자전거가 진흙 길 위를 이리저리 비틀대며 가고 있었다. 그는 두 사람의 농부가 어떤 상점 문 앞에서 악수하는 것을 보았다. 그들의 손은 너무 건조해서 바스락거리는 소리가 들리는 듯했다. 트랙터 바퀴의 진흙 자국들이 들길에서부터 아스팔트까지 나 있었다. 그는 한 할머니가 손가락을 입술에 대고 진열장 앞에 허리를 구부리고 서 있는 것을 보았다. 상점 앞 주차장들은 텅 비어 있었다. 이제 온 손님들은 뒷문으로 들어가고 있었다. '물거품이' '대문 계단' '아래로' '흘러내리고 있었다.' '새털 이불들이' '진열장' '뒤에' '쌓여 있었다.' 상품 가격을 써 놓은 검은 칠판은 상점 안에 놓여 있었다. '닭들은' '떨어진 포도송이를' '쪼아' '먹고 있었다.' 칠면조들은 과수원의 철조망 속에서 묵직한 모습으로 쪼그리고 앉아 있었다. 문에서 여자 직원이 나와 양손을 뒤허리에 받치고 서 있었다. 어두운 상점 안에서 주인은 저울 뒤에 말없이 서 있었다. '판매대 위에' '효모 부스러기들이' '흩어져 있었다.' 블로흐는 어떤 집의 벽 앞에 서 있었다. 약간 열려 있던 그 옆 창문이 갑자기 활짝 열리면서 이상한 소리가 났다. 그는 곧 다시 걸어가기 시작했다.

그는 어떤 새 건물 앞에 섰다. 그 안에는 아직 들어간 사람이 없었지만, 유리창은 이미 다 끼워져 있었다. 방들은 텅 비어 있어서 창문을 통해 그 뒤의 경치를 바라볼 수 있었다. 블로흐는 자신이 그 집을 지은 것 같은 기분이 들었다. 그는 실제로 이전 직업에서 콘센트를 조립하고 심지어 창틀을 끼우기도 했었다. 또 창틀 위에 놓여 있는 끌이나 간식을 쌓아 두었던 종이 그리고 통조림 청어를 담은 컵 등이 마치 자신의 것처럼 생각되었다.

그는 두 번째로 주위를 둘러보았다. 자, 전기 스위치들은 그대로 전기 스위치들로 남아 있었고, 집 뒤편에 있는 정원 의자들은 그대로 정원 의자들로 남아 있었다.

그는 __ 때문에 계속 걸어갔다.

계속 걸어간 이유를 말해야 할까, __하기 위해서라고?

만약 __을 한다면 무슨 목적에서일까? __을 하면서 '만약'이라고 하는 이유를 말해야 할까? __을 할 때까지 그렇게 계속 걸어갔나? 그는 __을 할 만큼 그렇게 멀리 갔는가?

왜 그는 쫓기는 것처럼 이곳을 걸어가고 있을까? 왜 그가 여기에 서 있는지 이유를 설명해야 할까? 그가 수영장을 지나갈 때마다 어떤 목적을 가졌단 말인가?

이러한 '그래서', '왜냐하면', '하기 위해' 같은 단어들은 마치 명령하는 말 같아서 사용하지 않고 피하기로 결심했다.

그의 옆에 있는, 약간 열린 창의 덧문이 활짝 열리는 것 같았다. 생각할 수 있는 것, 볼 수 있는 것들로 온통 꽉 차 있었다. 울부짖는 소리가 그를 놀라게 하는 것이 아니라, 익숙한 문장들의 맨 끝에 오는 뒤죽박죽된 문장이 그를 놀라게 했다.

상점들은 이미 닫혀 있었다. 더 이상 오가는 사람이 없는 길에 가판대들만 촘촘하게 서 있었다. 그래서 통조림 깡통 더미를 세워 둘 최소한의 자리도 없었다. 계산대에는 반쯤 찢어진 전표가 붙어 있었다. 상점들이 너무 빽빽이 들어서 있어서…… "상점들이 너무 빽빽이 들어서 있어서 아무것도 가리킬 수 없었다, 왜냐하면……." "상점들이 너무 빽빽이 들어서 있어서 아무것도 가리킬 수 없었다, 왜냐하면 개별적인 물건들이 서로를 가렸기 때문이다." 그사이 주차장에는 여자 직원들의 자전거들만 남았다.

블로흐는 점심 식사 후 운동장으로 갔다. 멀리서부터 관중들의 함성이 들렸다. 그가 도착했을 때, 후보 팀의 오픈게임이 펼쳐지고 있었다. 그는 경기장의 사이드라인 부근에 있는 벤치에 앉아 신문을 주말 부록까지 모두 읽었다. 그는 고깃덩어리가 돌판 바닥에 떨어지는 것 같은 소리를 들었다. 그는 고개를 들어, 물기를 먹어 무거워진 공이 어떤 선수의 머리에 맞고 솟구치는 것을 보았다.

그는 일어나서 잠깐 화장실을 다녀왔다. 돌아왔을 때에는 이미 본 경기가 시작되고 있었다. 그가 앉았던 자리는 다른 사람들로 꽉 차 있어서 그는 경기장을 따라 골문 뒤로 갔다. 그 뒤에 너무 가깝게 서 있지 않으려고 언덕을 넘어 도로까지 올라갔다. 그는 길을 따라 경기장 코너 표시기가 있는 데까지 갔다. 그때 윗옷에서 단추 하나가 툭 떨어졌다. 그것을 주워서 주머니에 넣었다.

그는 옆에 서 있는 사람과 대화를 나누었다. 어떤 팀들이 경기를 하는지 물어보고, 그 팀들의 경기 성적에 관해서도 물어보았다. 이렇게 바람과 맞서 경기할 때는 공중볼을 차서는 안 된다고 그 사람이 말했다.

그는 옆 사람이 버클 달린 구두를 신고 있는 것을 보았다. "나도 사실은 잘 모릅니다." 하고 그 남자가 말했다. "나는 위탁 판매업자로 이 지역에 이삼 일 정도 머문답니다."

"선수들이 너무 소리를 질러 대는군요." 하고 블로흐는 말했다. "좋은 선수는 조용히 경기를 하는 법인데."

"경기장 밖에서 선수들에게 어떻게 하라고 지시하는 감독이 없네요." 하고 판매업자가 대꾸했다. 블로흐는 자신들이 마치 제삼자를 위해 이야기하고 있는 것 같은 기분이 들었다.

"이렇게 좁은 경기장에서는 패스를 빨리 해야 합니다." 하고 그가 말했다.

그는 공이 골대에 맞고 튀는 소리를 들었다. 블로흐는, 한번은 자신이 어떤 팀과 경기를 했는데 그때 모든 선수들이 맨발이어서 그들이 공을 찰 때마다 둔탁한 소리가 났다는 이야기를 해 주었다.

"나는 언젠가 한번 경기장에서 어떤 선수가 다리를 크게 다치는 걸 본 적이 있습니다." 하고 판매업자가 말했다. "탁 하고 부딪히는 소리가 관중석 맨 뒤 서서 보는 자리까지 들렸죠."

블로흐는 옆에 있는 다른 관객들도 서로 이야기를 주고받는 것을 보았다. 매번 그는 말하고 있는 사람을 바라보는 게 아니라, 듣는 사람을 바라보았다. 그는 판매업자에게 경기를 관람할 때, 공격하는 시점에서 처음부터 공격수는 쳐다보지 않고 그가 향하는 골문에 선 골키퍼를 주목해 본 적이 있는지 물어보았다.

"공격수나 공으로부터 시선을 돌려 골키퍼만 바라보는 일은 대단히 어려운 일이죠." 하고 블로흐는 말했다. "공에서 시선을 돌리는 것은 정말 부자연스러운 일이니까요." 그는 사람들이 공 대신, 양손을 허벅지에 대고 앞으로 달려 나갔다가 뒤로 뛰어들어 왔다가 왼쪽으로 오른쪽으로 몸을 움직이면서 자기편 수비수들에게 고함을 지르는 골키퍼를 쳐다보아야 한다고 했다. "그러나 통상적으로 사람들은 골문을 향해 슈팅이 되었을 때에야 비로소 골키퍼를 보게 되죠."

그들은 사이드라인을 따라 함께 걸어갔다. 블로흐는 선심이 그들 옆으로 뛰어가며 헐떡거리는 소리를 들었다. "골키퍼가 공도 없이, 그러나 공을 기다리면서 이리저리 뛰는 모습을 본다는 것은 우스운 일이지요." 하고 블로흐가 말했다.

판매업자는 더 이상 골키퍼를 바라볼 수가 없다고 대답했다. 그는 은연중에 공격수들을 바라보고 있었다. 골키퍼를 쳐다보려면 사팔눈이 되어야 할 것 같았다. 말하자면, 누군가가 문을 향해 가고 있을 때, 가고 있는 사람을 보는 게 아니라 문 손잡이를 보는 격이기 때문이다. 골치가 아파서 더 이상 숨을 쉴 수가 없었다.

"우리 모두가 그렇게 습관이 되어 있지만, 그러나 우스운 일이지요." 하고 블로흐는 말했다.

페널티킥이 선언되었다. 관중들은 골문 뒤로 달려갔다.

"골키퍼는 저쪽 선수가 어느 쪽으로 찰 것인지 숙고하지요." 하고 블로흐가 말했다. "그가 키커를 잘 안다면 어느 방향을 택할 것인지 짐작할 수 있죠. 그러나 페널티킥을 차는 선수도 골키퍼의 생각을 계산하지 않을 수 없습니다. 그래서 골키퍼는, 오늘은 다른 방향으로 공이 오리라고 다시 생각합니다. 그러나 키커도 골키퍼와 똑같이 생각을 해서 원래 방향대로 차야겠다고 마음을 바꿔 먹겠죠? 이어 계속해서, 또 계속해서……"

블로흐는 모든 선수들이 차차 페널티에어리어 밖으로 나가는 것을 보았다. 페널티킥을 찰 선수는 슛 지점에 공을 갖다 놓았다. 그런 다음 그도 뒷걸음질로 페널티에어리어 밖으로 나갔다.

"공을 차기 위해 키커가 달려 나오면, 골키퍼는 무의식적으로 슈팅도 되기 전에 이미 키커가 공을 찰 방향으로 몸을 움직이게 됩니다. 그러면 키커는 침착하게 다른 방향으로 공을 차게 됩니다." 하고 블로흐가 말했다. "골키퍼에게는 한 줄기 지푸라기로 문을 막으려는 것과 똑같아요."

키커가 맹렬히 달려왔다. 환한 노란색 스웨터를 입은 골키퍼는 꼼짝도 않고 서 있었다. 페널티 키커는 그의 두 손을 향해 공을 찼다.

작품 해설

1942년 오스트리아에서 출생한 페터 한트케는 올해 67세로 프랑스 파리에 살고 있다. 그는 1966년 독일 주어캄프 출판사를 통해 첫 소설 『말벌들』을 발표하면서 24세의 나이로 문단에 등장했다. 예순일곱 개의 소제목 아래 소년 시절 그가 성장한 농촌의 풍경과 동네의 이런저런 사건들 그리고 두 형제의 이야기가 전쟁의 흔적과 더불어 집요하게 기록되어 있는 이 작품은 그의 문학적 토양임을 부인할 수 없는데, 아직 우리나라에서는 번역이 되지 않고 있다. 역자도 1970년대에 처음 이 작품을 보면서 선뜻 번역할 용기가 나지 않았는데, 문장 파악도 안 되고 줄거리도 종잡을 수가 없어서 참 별난 책이라며 혼자 열을 삭이던 기억이 아직도 생생하게 남아 있다. 실험극에 대한 의식을 갖지 못한 상태에서 이러한 작품을 대하면, 거의 모든 독자들이 나와 똑같이 반응할 것이라고 당당하게 합리화했던 것이다. 그것이 이미 사십 년이나 지난 옛날이야기가 되었다. 한트케가 우리나라에 알려진 것은 첫 소설이 아니라 같은 해에 나온 연극 작품 「관객모독」을 통해서다. 관객과 네 명의 배우가 역할을 바꾼 상태에서 휘황찬란한 욕설 대사를 비트 음악처럼 연속해서 읊어 대는 이 실험극은 소설과는 달리 프랑크푸르트의 실험극단에서 대성공을 거두었으며, 이를 통해 한트케의 이름은 삽시간에 널리 알려지게 된다. 우리나라에서도 여전히 대학로에서 해마다 인기리에 공연되는 레퍼토리로 자리를 잡고 있다.

그의 문학은 등장할 때부터 다른 작가들과는 전혀 다른 느낌을 주었다. 그는 그라츠 대학교 법학과를 다니다가 4학년 때 첫 소설 원고가 주어캄프 출판사에 채택되자 대학을 포기하고 문단에 등장한다. 그가 고등학교와 대학교에서 문학에 대한 꿈을 키우며 접한 책들은 스위스의 언어학자 소쉬르의 언어 이론과 그 영향을 받은 러시아 형식주의 문학 이론, 그리고 프랑스 구조주의와 그에 입각해 작품을 쓴 '누보로망*'의 대표적 작가 알랭 로브그리예의 작품 들이다. 언어 이론, 형식주의, 구조주의 등과 같은 외국 사조의 영향을 받아 형성된 그의 문학 이론은 당시 서독 문단을 주도하고 있던 '47그룹'의 문학 이론과는 뚜렷한 차이를 보이게 된다. 47그룹의 작가들이 오로지 현실에 열중한 것에 반해, 글을 쓰는 데 있어 한트케의 관심은 오직 언어에 있었던 것이다.

---

*전통적인 소설의 형식이나 관습을 부정하고 새로운 수법을 시도한 소설로 1950년대 프랑스에서 시작.

1945년 2차 세계대전이 독일의 패배로 끝난 후 이 년이 지난 1947년에 형성된 47그룹은 독일이 일으킨 전범(戰犯) 행위에 대해 속죄하는 심정으로 조금의 거짓도 없이 있는 그대로 쓰겠다는 공감대 위에서 작품 활동을 시작하는데, 이를 소위 '참여문학' 또는 '신사실주의' 문학이라고 부른다. 이에 대해, 전쟁 중에 태어나긴 했지만 자라면서 독일과는 다른 적대국의 문학과 새로운 사조의 영향을 받고 문학의 꿈을 키운 첫 세대로서 47그룹보다 이십 년 늦게 문단에 등장한 한트케는 "문학이란 언어로 만들어진 것이지 그 언어로 서술된 사물들로 이루어진 것이 아니다."라는 주장으로 이들의 문학적 가치와 서술 방식을 강력하게 거부하고, 이들을 "서술 불능자"로 비난하면서 주목을 끌었다. 화해가 불가능한 격렬한 논쟁이 아닐 수 없다.

　　"현실을 있는 그대로 쓰자."라는 47그룹의 주장은 결과적으로 "컴퓨터를 있는 그대로 묘사하는 능력은 '47그룹' 작가보다 백과사전이 훨씬 뛰어나다."라는 한트케의 시니컬한 공격을 발단으로 1967년에 사라지게 된다. 그러나 전후 독일 문단을 주도했고, 하인리히 뵐이나 귄터 그라스 같은 노벨문학상 수상자를 배출한 47그룹의 공로는 결코 가볍게 봐 넘겨서는 안 될 것이다.

　　한트케의 첫 소설 『말벌들』은 위와 같은 문학관에서 쓰인 실험 작품으로, 당연히 '참여문학'이나 '신사실주의' 문학에 익숙해 있던 독일의 작가, 독자, 비평가 들로부터 칭찬보다는 비난을 더 많이 받았다. 흔히 우리는, 문학작품이란 숙련된 작가가 아름다운 이야기를 아름다운 문체로 서술해야 하고, 독자는 그것을 읽고 감동을 느낄 수 있어야 한다고 알고 있다. 아니, 우리 스스로가 알았다기보다는 그렇게 교육된 것이다. 그런데 한트케의 실험작은 형식과 내용 가운데 의도적으로 내용을 무시하고 있다. 내용보다는 서술이 우선인 문학 작품이라니, 18~19세기의 문학 작품에서 느낄 수 있는 진한 감동과는 거리가 먼 이야기이다. 20세기의 이름 있는 작품들, 즉 카프카의 『변신』이나 까뮈의 『이방인』, 베케트의 『고도를 기다리며』 등이 진한 감동을 주는 작품이라고 누가 말할 수 있을 것인가? 내용이 없는 것이 아니라, 무슨 내용인지 감을 잡을 수가 없어서 인내심 깊은 원시시대의 독자나 인문주의 시대의 독자라 하더라도 마침내 자제심을 잃고 격노하게 되는 것이다. 그들이 알고 있는 문학은 감동과 아름다움이 충만한 것인데, 도대체 이게 뭐냐는 심정에서 소위 비난의 봇물을 터뜨리게 되는 것이다. 한트케도 이러한 실험 작품을 시작으로 다수로부터는 혹독할 정도로 부정적인 평가를, 소수에게는 새로운 문학 세계를 열었다는 긍정적 평가를 받아 왔다. 그러다 1970년대에 들어와 그의 서술 기법이 실험적인 것에서 전통적인 것으로 돌아선다. 무시했던 '내용'을 다시 복구하기 시작한 것이다.

그렇게 해서 나온 첫 작품이 1970년작 『페널티킥 앞에 선 골키퍼의 불안』이다. 이때 한트케의 나이는 28세였다. 비평가 카를하인츠 보러(Karl-Heinz Bohrer)는 이 신간 커버에 인쇄된 선전문에서, 비유적이고 알기 쉬운 제목을 가진 이 이야기가 "지난 십 년간 독일어로 쓰인 작품 중 가장 인상적인 작품"이라고 평했다. 이 작품은 빔 벤더스 감독에 의해 1972년에 영화화되었다.

『페널티킥 앞에 선 골키퍼의 불안』의 주인공 요제프 블로흐는 이전에는 꽤 유명했던 골키퍼였으며, 현재는 빈에 있는 어느 건축 공사장에서 조립공으로 일하고 있다. 다른 일꾼들보다 늦게 출근한 어느 날 아침, 마침 오전 새참을 먹고 있던 공사장 현장감독이 그를 힐끗 올려다본다. 그는 그것을 해고의 표시로 이해하고 공사장을 떠난다. 이렇게 이야기는 시작된다.

공사장에서 눈짓 한 번으로 일꾼을 해고한다? 독자가 볼 때 이것은 석연치 않은 일이다. 서류로 통지된 것도, 말로 전달받은 것도 아니고 그저 현장감독이 힐끗 쳐다본 것을 주인공이 해고 표시로 지레짐작하고 공사장을 떠난 것이기 때문이다. 왜 그랬을까? 독자는 다음과 같은 두 가지 생각을 할 수 있다. 하나는 블로흐가 혹시 오늘날 우리 한국인의 삶에서도, 물론 시기적으로 삼사십 년 차이는 있지만, 무수히 보고 겪고 있으며 슬픔과 분노와 불안의 상징이 된 비정규직, 임시직, 일용직 중 하나로 일하고 있었던 게 아닐까 하는 생각이고, 또 하나는 블로흐가 해고 통보로 짐작하고 떠난 것이 정말 올바른 판단이었는지 소설 어느 부분에서도 확인할 수 없어 의아하다는 생각이다. 블로흐가 정식 직원이 아니었을 수도 있겠다고 추측하는 것은 충분히 가능하지만, 해고라는 표현이 어디에도 없는데 주인공이 스스로 그렇게 믿고 떠난 것은 어떻게 이해해야 할까? 이런 생각을 하면서 독자가 보다 안타깝게 생각하는 것은 블로흐라는 이 화상이 왜 다른 일꾼들보다 늦게 공사장에 출근했느냐 하는 것일 테고, 혹 주인공은 정해진 시간에 순응하는 힘을 이미 상실한 게 아닌가 하는 의심을 지울 수가 없을 것이다.

블로흐가 노동자에게 사형선고나 다름없는 해고를 지레짐작으로 판단하고 공사장 밖으로 나오자, 주변이 전과는 다르게 보이기 시작한다. "화창한 10월 어느 날이었다. 노점 판매대에서 따끈한 소시지를 시켜 먹은 후 그 사이를 지나 극장 쪽으로 갔다. 눈에 보이는 모든 것이 그를 불안하게 했다. 되도록 많은 걸 보지 않으려고 애썼다. 극장 안으로 들어와서야 비로소 안도의 숨을 내쉬었다."(8쪽) 왜 주변 모든 것이 그를 불안하게 했으며, 극장 안으로 들어와서야 안심이 되었을까? 직장에서 해고를 당한 주인공으로서는 당연한 심리 상태가 아닌가 하고 생각할 수 있겠지만, 이어지는 사생활 묘사를 보면 꼭 그렇다고 보기도 어렵다. 친구들에게 전화를 걸지만 아무에게도 연결되지 않고, 길가에 서 있는 순경에게 인사를 해 보지만 순경은 알아차리지 못하고 꿈쩍도 하지 않는다.(8쪽) 공원 주변에 있는 공중전화 박스에서 전처에게 전화를 걸어 연결이 되지만 그녀는 블로흐에게 아무것도 묻지 않고, 그는 공원 커피숍에 들어가 맥주를 한 잔 주문하지만 한참이 지나도 가져오지 않자 그냥 나온다(16쪽). 이러한 상황에서 독자는 블로흐가 해고 이전부터도 이미 친구들과 소통이 단절된 상태라는 것을 짐작할 수 있고, 또 해고 이전에 결혼을 했었는데 지금은 헤어져서 혼자 살고 있다는 것도 알 수 있다. 이런저런 작은 일상생활, 즉 길거리에서 경찰과 인사를 나누는 일이라든가 공원 커피숍에서의 맥주 주문 등도 정상적으로 이루어지는 것은 하나도 없다. 주인공은 사생활에서도 이미 자신의 위치를 상실하고 주변과 소통이 원활하지 못한 존재로 그려지고 있는 것이다.

이미 자신의 정상적인 위치를 상실한 주인공 그리고 직장이라는 정돈된 질서에도 순응하지 못하고 다른 사람보다 늦게 출근했다가 윗사람의 눈짓 한 번으로 쫓겨 나온 주인공은 불안과 절망 속에서 극장, 시장, 뒷골목 등을 하릴없이 배회한다. 그러다가 극장의 여자 매표원과 하룻밤을 지내고 다음날 아침 대화를 하던 중 그녀를 목 졸라 죽인다. 그 장면의 묘사를 다시 한 번 읽어 보자.

그녀는 일어서서 침대로 가 누웠다. 그는 그 여자 곁에 앉았다. "오늘 일하러 가지 않으세요?" 하고 그녀가 물었다.

갑자기 그는 그녀의 목을 졸랐다. 너무 세게 졸랐기 때문에 장난이라고는 생각할 수 없었다. 바깥 복도에서 사람 목소리가 들렸다. 그는 공포심으로 숨이 막힐 것 같았다.(22쪽)

그녀가 목 졸림을 당한 이유는 오로지 "오늘 일하러 가지 않으세요?"라는 한마디 말 때문이다. 물론 블로흐는 그녀의 방에서 아침을 맞게 되자 신경이 좀 예민해지기도 했고(20쪽) 자기 이야기에 끼어드는 것은 거부하면서도 그의 이야기에는 거침없이 끼어드는 그녀의 대화 태도를 불쾌하게 느끼기도 했지만(21쪽) 이것을 직접적인 살인 동기로 보기는 어렵다. 그는 금요일에 해고를 당하고 불안과 절망 속에서 토요일, 일요일 내내 시내 이곳저곳을 헤매다가 그녀의 방에서 일요일 밤을 보낸 뒤 아침에 그녀가 식사를 가지러 부엌에 나가면서 "오늘은 월요일이구나!"(21쪽)라고 하는 소리를 듣는다. 독자는 살인과 관련해서 '월요일'과 '일'이란 말 외에 다른 특별한 이유를 찾아볼 수 없다. 블로흐는 공포로 숨이 막힐 것 같은 상황 속에서 이런 일을 저지른다. 너무나 황당하지만 장난으로 그런 것은 아니라고 한다.

독자는 소설 첫머리에서 주인공이 건축 공사장에서 일하고 있었으며, 어느 날 아침에 다른 일꾼들보다 늦게 출근하고서는 공사장 현장감독이 힐끗 쳐다본 것을 해고 통지로 받아들이고 공사장을 떠났다는 것을 읽었다. 친구들이나 전처와의 소통이 이미 단절된 주인공 그리고 직장이라는 정돈된 질서에 순응하지 못하고 쫓겨 나온 주인공은 그날 오후부터 다음날인 토요일과 일요일까지 정처 없이 헤매다가 월요일 아침에 같이 잠을 잤던 여자 극장 매표원으로부터 오늘 일하러 가지 않느냐는 질문을 받고 대화 한마디 없이 살인을 저지른 것이다. 그러고 나서 범죄 행위가 발각되는 것을 피해 국경 마을로 도피한다. 경찰은 곧 범행 사실을 확인하고 범인을 점점 추적해 온다. 한트케는 이 상황을 『페널티킥 앞에 선 골키퍼의 불안』이라고 부르고 있다. 골키퍼 블로흐의 불안이 여기서는 살인자 블로흐의 불안이 되고 있는 것이다.

요제프 블로흐는 본인의 방심으로 '일'의 질서에서 너무나 쉽게 떨어져 나와 주변의 모든 것에 불안을 느끼다가, 자신에게 '일'에 대해 언급하는 매표원에게 앙갚음이라도 하는 양 그녀를 목 졸라 죽이고, 경찰의 추적을 피해 국경 마을로 도망친다. 블로흐는 사회조직 내에서 소통이 원활하지 못하거나 이미 단절된 인물로 그려지고 있다. 독자는 블로흐나 여자 매표원 게르다 T. 같은 인간의 모습에서 그들 모두가 '일'의 지배 아래

존재하는 도구라는 사실을 새삼 강하게 인식하게 된다. 어느 인간인들 예외일 수 있겠는가! 현대 생활에서 일은 인간 생존의 기본 요소이다. 그 기본 요소를 갖추지 못하고 사회조직 밖으로 밀려나 경찰에 쫓기는 주인공의 모습을, 독자는 진한 감동을 느끼면서가 아니라 메마른 심정으로 허전하게 바라보게 된다. 마치 축구 경기를 구경하던 관중 가운데 누군가가 선수들 사이에서 이리저리 구르는 공을 보면서 탄식도 하고 고함도 지르며 열광하다가 잠깐 고개를 돌려, 공 없이 그러나 공을 기다리면서 혼자서 이리 뛰고 저리 뛰는 골키퍼의 우스운 모습을 보듯이…….

지난 19세기 문학의 주인공들은 이미 자본주의의 비인간화를 탄식하고, 신의 죽음과 인간성 상실을 못내 서러워하며, 분노에 찬 반항도 해 보고 영웅의 객기 같은 것도 부렸다. 그런데 20세기 후반에 등장한 블로흐의 모습을 보면, 그 모든 것이 이제는 철 지난 유행가라는 느낌을 지울 수 없다. 우리의 블로흐에게는 그가 일하는 곳에 늦게 출근한 이유를 설명하고 이해를 구할 수 있는 대화를 주고받을 짧은 순간마저도 허락되지 않는다. 대화란 주체가 하는 행위이지 도구에게는 가당치도 않는 일이다. 그저 눈짓 한 번으로 달랑 목이 떨어져 쫓겨난다. 그런 시대에 그와 우리가 살고 있는 셈이다.

번역 원전으로는 *Die Angst des Tormanns beim Elfmeter*(suhrkamp taschenbuch, 1970 / Bibliothek Suhrkamp, 1978)를 사용했다.
끝으로 독일 주어캄프 출판사의 동의를 얻어, 한국 문학과는 다른 문학성을 지닌 작품의 출간을 위해 애쓴 민음사에 깊이 감사드린다.

2009년 11월

윤용호

작가 연보

1942년　12월 6일 오스트리아 케른텐 주 그리펜 구역의 알
　　　　텐마르크트 6번지에서 출생.

1944년　동베를린 판코로 이주.

1948년　고향으로 돌아와 초등학교 입학.

1953년　하웁트슐레 입학.

1954년　탄첸베르크에 있는 김나지움의 기숙학교로 전학.

1959년　김나지움 자퇴 후 마지막 삼 년은 클라겐푸르트 김
　　　　나지움에서 마침.

1961년　그라츠 대학교 법학과 입학.

1965년　법학과 수료 후 연극배우 립가르트 슈바르츠와 결
　　　　혼. 독일 주어캄프 출판사에서 첫 소설 원고 '말벌
　　　　들(Die Hornissen)'을 채택.

1966년　독일 뒤셀도르프로 이주. 미국 프린스턴에서 열
　　　　린 47그룹 회합에 참석. 소설 『말벌들』, 희곡 『관

객 모독과 다른 구변극(Publikumsbeschimpfung und andere Sprechstücke)』(구변극 모음집) 출간. 논문 「미국에서의 47그룹 회합(Zur Tagung der Gruppe 47 in den USA)」과 「문학은 낭만적이다(Die Literatur ist romantisch)」 발표.

1967년 베를린에서 게르하르트 하우프트만 상 수상. 소설 『행상인(Der Hausierer)』, 산문 『감독을 환영하며(Begrüßung des Aufsichtsrats)』, 희곡 『구조 요청(Hilferufe)』(구변극 모음집) 출간. 논문 「나는 상아탑에 산다(Ich bin ein Bewohner des Elfenbeinturms)」 발표.

1968년 베를린으로 이주. 희곡 『카스파(Kaspar)』, 『방송극(Hörspiel)』,『방송극 2(Hörspiel Nr. 2)』 출간.

1969년 딸 아미나 출생. 파리로 이주. 희곡 『미성년은 성년이 되기를 원한다(Das Mündel will Vormund sein)』, 시집 『내부 세계의 외부 세계의 내부 세계(Die Innenwelt der Außenwelt der Innenwelt)』, 『시골 볼링장의 볼링 핀 전복(Das Umfallen der Kegel von einer bäuerlichen Kegelbahn)』, 『독일 시(Deutsche Gedichte)』, 방송극 『소음의 소음(Geräusch eines Geräusches)』 등 출간.

1970년 소설 『페널티킥 앞에 선 골키퍼의 불안(Die Angst des Tormanns beim Elfmeter)』, 희곡 『혼성곡(Quodlibet)』, 방송극 『바람과 바다. 네 편의 방송극(Wind und Meer. Vier Hörspiele)』 출간.

1971년	쾰른으로 이주. 부인과 결별 후 미국으로 강연 여행을 떠남. 그해 말 어머니 자살. 독일 내 크론베르크로 다시 이사한 후 시나리오 『시사 사건들의 기록(Chronik der laufenden Ereignisse)』, 희곡 『보덴 호수로의 기행(Der Ritt über den Bodensee)』 출간.
1972년	페터 로제거 문학상 수상. 소설 『긴 이별에 대한 짧은 편지(Der kurze Brief zum langen Abschied)』, 『소망 없는 불행(Wunschloses Unglück)』, 시집 『시 없는 인생(Leben ohne Poesie)』 출간.
1973년	파리로 재이주. 쉴러 상 및 뷔히너 상 수상. 희곡 『어리석은 자들 죽다(Die Unvernünftigen sterben aus)』 출간. 연설문 「두개골 밑의 안전(Die Gebogenheit unter der Schädeldecke)」 발표.
1974년	사화집 『소망하는 것이 이미 이루어졌을 때(Als das Wünschen noch geholfen hat)』 출간.
1975년	소설 『진정한 감성의 시간(Die Stunde der wahren Empfindung)』 출간. 영화 「잘못된 움직임(Falsche Bewegung)」 제작.
1976년	소설 『왼손잡이 부인(Die linkshändige Frau)』 출간 및 영화 제작.
1977년	일기체 기록문 『세계의 무게(Das Gewicht der welt. Ein Journal)』 출간.
1978년	영화 「왼손잡이 부인」으로 밤비 영화상 및 프랑스 조르주 사둘 상 수상.
1979년	잘츠부르크로 이사. 제1회 카프카 상 수상하나 이

상을 자신보다 젊은 게르하르트 마이어와 프란츠
바인체틀에게 넘겨줌. 소설 『느린 귀향(Langsame
Heimkehr)』 출간.

1980년   소설 『생트빅투아르 산의 교훈(Die Lehre der Sainte-
Victoire)』, 선집 『배회의 끝(Das Ende des Flanierens)』
출간.

1981년   소설 『아이 이야기(Kindergeschichte)』, 희곡 『마을에
관해(Über die Dörfer. Dramatisches Gedicht)』 출간.

1982년   저널 『연필 이야기(Die Geschichte des Bleistifts)』 출간.

1983년   소설 『고통의 중국인(Der Chinese des Schmerzes)』,
『반복의 판타지(Phantasien der Wiederholung)』 출간.

1984년   오스트리아 기업가 협회에서 안톤 빌트간스 상 수
상자로 지명되나 거절.

1985년   잘츠부르크 문학상 및 그라츠의 프란츠 나블 상
수상.

1986년   소설 『반복(Die Wiederholung)』, 『지속에 대한 시
(Gedicht an die Dauer)』 출간.

1987년   슬로베니아 작가 협회의 빌레니카 상 수상. 소설
『어떤 작가의 오후(Nachmittag eines Schriftstellers)』,
동화 『부재(Die Abwesenheit. Ein Märchen)』 출간.
빔 벤더스 감독과 함께 영화 「베를린의 하늘(Der
Himmel über Berlin)」(우리나라에는 「베를린 천사의 시」
로 소개됨.) 시나리오 작업.

1988년   1987년도 오스트리아 국가상 및 브레멘 문학상 수
상. 희곡 『질문의 놀이 혹은 햇볕이 따뜻한 나라

로의 여행(Das Spiel vom Fragen oder die Reise zum Sonoren Land)』, 소설『권태에 관한 에세이(Versuch über die Müdigkeit)』출간.

1990년 딸 아미나가 오스트리아 빈 대학으로 옮겨간 후 슬로베니아 카르스트, 스페인 메세타, 일본 등지를 여행. 소설『주크박스에 관한 에세이(Versuch über die Jukebox)』, 소설『다시 한 번 투키디데스를 위해 (Noch einmal für Thukydides)』출간.

1991년 파리에서 두 번째 부인 소피 세민과 결혼하여 파리 근교 샤빌에 정착. 1990년도 프란츠 그릴파르처상 수상. 소설『행복했던 날에 대한 에세이(Versuch über den geglückten Tag)』, 에세이『동경의 나라로부터 몽상가의 이별(Abschied des Träumers vom Neunten Land)』출간. 셰익스피어의『겨울 이야기 (The Winter's Tale)』번역.

1992년 둘째딸 레오카디 출생. 무언극『우리가 서로를 알지 못했던 시간(Die Stunde, da wir nichts voneinander wußten)』발표. 1980~1992년 작품 모음집『긴 그늘 속에서(Langsam im Schatten)』출간.

1993년 호르바트와의 대화집『다시 한 번 동경의 나라에 관해(Noch einmal vom Neunten Land)』출간. 아이히슈테트 가톨릭 대학 명예박사 학위 취득.

1994년 '새 시대의 동화'『인적 없는 해안에서 보낸 세월 (Mein Jahr in der Niemandsbucht)』발표.

1995년 실러 기념상 수상

1996년	소설 『도나우 강, 사바 강, 모라비아 강, 드리나 강으로의 겨울 여행 혹은 세르비아인을 위한 정당성 (Eine winterliche Reise zu den Flüssen Donau, Morawa und Drina oder Gerechtigkeit für Serbien)』, 에세이 『겨울 여행을 위한 여름날의 기록(Sommerlicher Nachtrag zu einer winterlichen Reise)』 출간.
1997년	왕실 드라마 『불멸을 위한 준비. 왕의 드라마 (Zurüstungen für die Unsterblichkeit. Königsdrama)』 발표. 소설 『어두운 밤 나는 적막한 집을 나섰다(In einer dunklen Nacht ging ich aus meinem stillen Haus)』 출간.
1998년	소설 『이른 아침 암벽 창에서(Am Felsfenster morgens. Und andere Ortszeiten 1982~1987)』 출간.
1999년	『말의 나라. 케른튼, 슬로베니아, 프리아울, 이스트리엔, 달마치아(Ein Wortland. Kärnten, Slowenien, Friaul, Istrien und Dalmatien)』, 희곡 『통나무배 타기 혹은 전쟁 영화에 관한 연극(Die Fahrt im Einbaum oder Das Stück zum Film vom Krieg)』, 소설 『이런저런 것들과 숲속의 루시(Lucie im Wald mit den Dingsda)』 출간.
2000년	소설 『눈물을 삼키며 물어본다. 전쟁 속의 유고슬라비아 횡단 기록 두 편, 1999년 3월과 4월.(Unter Tränen fragend. Nachträgliche Aufzeichnungen von zwei Jugoslawien-Durchquerungen im Krieg, März und April 1999)』 출간.

2001년	프랑크푸르트 블라우어 살롱 상 수상. 2001년부터 2006년까지 독일 여배우 카차 플린트와 동거.
2002년	『풍경의 상실 혹은 시에라데그레도스 산맥을 지나며(Der Bildverlust oder durch die Sierra de Gredos)』, 에세이 『말하기와 글쓰기. 책과 그림과 영화로 1992~2000(Mündliches und Schriftliches. Zu Büchern, Bildern und Filmen 1992~2000)』 출간. 클라겐푸르트 대학 명예박사 학위 취득.
2003년	『대법정 주변(Rund um das Große Tribunal)』, 『지하 블루스. 지하철역 드라마(Untertagblues. Ein Stationendrama)』 발표. 소포클레스의 『콜로누스의 오이디푸스(Sophokles: Ödipus auf Kolonos)』 번역. 잘츠부르크 대학 명예박사 학위 취득.
2004년	소설 『(돈 후안이 말하는)돈 후안(Don Juan(erzählt von ihm selbst))』 출간. 시그리드 운세트 상 수상.
2005년	에세이 『다이멜의 타블라스(Die Tablas von Daimel)』, 소설 모음집(1987년 11월~1990년 7월)『지나간 여행 중에(Gestern unterwegs)』 출간.
2006년	희곡 『실종자의 추적(Spuren der Verirrten)』 출간. 뒤셀도르프 시(市)에서 주관하는 하인리히 하이네 상 후보자로 지명되었으나, 세르비아를 옹호하는 한트케의 정치적 입장 때문에 시의회 의원들이 심사를 거부. 이에 한트케도 수상을 거부. 2006년 6월에 베를리너 앙상블 단원들이 뒤셀도르프 시의회의 이러한 행위를 예술의 자유에 대한 공격으로 간주하

고, 한트케를 위해 '베를리너 하인리히 하이네 상'
이라는 이름으로 같은 액수의 상금을 모금. 2006년
6월 22일, 한트케는 그와 같은 노력에 고마움을 표
하고 상금을 코소보에 있는 세르비아 마을에 기부
해 달라고 부탁. 2007년 부활절에 전달됨.

2007년   소설 『사마라(Samara)』, 『칼리. 이른 겨울 이야기
(Kali. Eine Vorwintergeschichte)』, 에세이 모음집
(1967~2007) 『나의 지역표-나의 연대표(Meine
Ortstafeln. Meine Zeittafeln. Essays 1967~2007)』 출간.

2008년   소설 『사마라(Samara)』를 제목을 바꾸어 『모라비아강
의 밤(Die morawische Nacht)』으로 재출간.

세계문학전집 233

페널티킥 앞에 선 골키퍼의 불안

1판 1쇄 펴냄 2009년 12월 11일
1판 21쇄 펴냄 2024년 11월 4일

지은이 페터 한트케
옮긴이 윤용호
발행인 박근섭, 박상준
펴낸곳 (주)민음사

출판등록 1966. 5. 19. (제 16-490호)
서울특별시 강남구 도산대로1길 62(신사동) 강남출판문화센터 5층 (우편번호 06027)
대표전화 02-515-2000 팩시밀리 02-515-2007
www.minumsa.com

ISBN 978-89-374-6233-7 04800
ISBN 978-89-374-6000-5 (세트)

* 잘못 만들어진 책은 구입처에서 교환해 드립니다.

세계문학전집 목록

세계문학전집은 계속 간행됩니다.